人文家国　历久弥新

私信@他们

跨越时空的对话

绿茶 主编

新星出版社 NEW STAR PRESS

图书在版编目（CIP）数据

私信@他们：跨越时空的对话/绿茶主编.—北京：新星出版社，2012.8
ISBN 978-7-5133-0776-5

Ⅰ.①私… Ⅱ.①绿… Ⅲ.①书信集—世界 Ⅳ.①I16

中国版本图书馆CIP数据核字（2012）第150711号

私信@他们：跨越时空的对话

绿茶 主编

责任编辑：汪　欣
特约编辑：李梓若
责任印制：韦　舰
封面设计：段雅雯
版式设计：任凌云
出版发行：新星出版社
出 版 人：谢　刚
社　　址：北京市西城区车公庄大街丙3号楼 100044
网　　址：www.newstarpress.com
电　　话：010-88310888
传　　真：010-65270449
法律顾问：北京市大成律师事务所
读者服务：010-88310800　service@newstarpress.com
邮购地址：北京市西城区车公庄大街丙3号楼 100044
印　　刷：北京佳顺印务有限公司
开　　本：880mm×1230mm 1/32
印　　张：9
字　　数：198千字
版　　次：2012年8月第一版　2012年8月第一次印刷
书　　号：ISBN 978-7-5133-0776-5
定　　价：28.00元

版权专有，侵权必究；如有质量问题，请与出版社联系更换。

目录

1　一次精神穿越之旅

我想邀请一些名家，给他们心目中的"那个人"写信，用最传统的方式。然后呱唧呱唧说了好多名家的名字。

编辑部短暂沉默。

然后，大家你一言我一语，讨论起这个想法的各种操作方式。我还在沉默，心想怎么圆说这个貌似不太靠谱的冲动想法呢？

1　杨照 @ 孔子　　致豁达、开朗、叛逆的仲尼

你非但不是个无趣保守、一天到晚订规矩的人，你还是个豪迈自在、开朗豁达而且具备幽默感的人。不然你身边不会聚集那么多不同个性的学生，心甘情愿跟着你流浪吃苦。我的成就感就来自于认真地帮长久以来被误会、被冤枉的你，出了一口气。

13　余世存 @ 墨子　　致墨子

您不是没有机会赚取生存的物质条件，您游说楚王打消了侵略宋国的念头，楚王读了您的书，虽然不愿实行您的主张，但愿意包养您，后来还要给您五百里的土地。您推辞了，"道不行不受其赏，义不听不处其朝。"这话说得多好啊。

21　周泽雄 @ 韩非子　　致韩公子非

您的学说最大程度地激发了一位贪婪君主的潜能，借助这种潜能，您实际上仰仗了一种理论上趋于无限的恐怖力量。任何一个有资格以"朕"自称的家伙，都可能被您的说法引逗得蠢血沸腾、心花怒放，就像秦王乍睹大作时那样。

33　　周实 @ 陶渊明　　致靖节先生

文学若不"关心"政治，政治并无什么损失，至少没有大的损失。政治若是"关心"文学，文学就难以适从了，想适从也难得适从，要适从也适从不好。

49　　王学泰 @ 杜甫　　致杜甫前辈

三十多年前，我们摆脱了"安贫乐道"的错误，中国发展繁荣了。无数的物品仿佛从地里冒出来一样，现在中国人面临的不是商品短缺，而担忧的是库存太多，考虑的是如何把物品卖出去、消费掉。城市、乡村到处都是新房子，道路交通，四通八达。

63　　肖复兴 @ 陆游　　致陆放翁先生

在您的《剑南诗稿》的最后一页，紧挨着《示儿》的前一首，也就是您生命中写下的倒数第二首诗，常常被人们忽略。您还记得吗？这首诗的名字叫《梦中行荷花万顷中》。您是这样写道："天风无际路茫茫，老作月王风露郎。只把千樽为月俸，为嫌铜臭杂花香。"

73　　江晓原 @ 牛顿　　致牛顿爵士

中国公众先读到含有"苹果从树上掉下来"之类儿童故事的普及版——相传是一个苹果落在您头上而启发了您的万有引力理论，不过有学识的人士通常不相信真有此事；再读到科学主义的励志版——您被描绘成一个为科学献身的圣人，为了研究科学，您居然连自己吃没吃过饭也会搞不清楚。

89　　蓝英年 @ 果戈理　　与果戈理的对话

我在《钦差大臣》里对官员们百般嘲笑，剧本不仅出版，还上演了。首演的那天，沙皇率领大臣们到剧院观看。他们是来寻开心的，喜剧嘛，逗乐而已。特别是丢尔先生饰演主角赫列斯塔科夫，丢尔是著名的喜剧演员，特别善于插科打诨，王公贵族都爱看他的表演。但沙皇和大臣越看脸色越阴沉，看完尼古拉一世说："诸位都挨骂了，我挨得最多！'"

105　吴岳添 @ 法朗士　　致尊敬的法朗士先生

为什么自己赤诚待人，却始终被别人视为异己？您百思不得其解，只能在最后一部回忆录《如花之年》的《后记》里无可奈何地叹息："我只能说我是真诚的。我再说一遍：我热爱真理，我相信人类需要真理。但是毫无疑问，人类更需要谎言，因为谎言能欺骗和安慰他，给他以无限的希望。如果没有谎言，人类就会在绝望和厌倦中灭亡。"

115　马勇 @ 袁世凯　　穿越时空求教袁世凯

我们今天稍有不明白的是，你和你的新政府同僚既然如此恭维孙中山，那么为什么不在民国之后的政治架构中容纳孙中山和他的那些同志呢？许多研究者在讨论1912—1916年的中国历史时，真的感慨万千，亚洲第一个共和国为什么这样多灾多难，刚刚成立就走向解体，你对共和的誓言言犹在耳，为什么急不可耐选择帝制走向独裁呢？

123　俞晓群 @ 张元济　　致张元济前辈

在1958年，也就是您去世的前一年，当顾廷龙、蔡尚思等人去您的家中，请您鉴定谭嗣同先生手迹的时候，您一面鉴定，一面用手在颈间比画，表示谭氏是被戮就义，忽然又气急难言，老泪纵横。一生的痛啊，怎么会一朝化解呢？

133　邵建 @ 梁启超　　致梁任公

以民主为诉求的革命，不但没有解决也无以解决专制问题；相反，这个民族正是在追求民主的道路上走向新的专制，即把原本可以通过宪政解决也临近解决的皇权专制推进为现代党化形态的威权专制乃至极权专制。因此，这一段历史可以这样具结，以革命党为首倡的民主主义革命，不但错失了宪政，也错失了民主。这是民主的劫数。

147　解玺璋 @ 梁启超　　致饮冰室主人

最让我感念和受教的，还是先生至老不稍衰的哀时忧国的情怀。先生一生数变，但爱国、救国的赤子之心始终不变，先生是真正的爱国者，"斯人也，国之元气"，这句话，一点都没说错！

153　阿丁 @ 布尔加科夫　　致亲爱的布尔加科夫大师

据我所知，我们生活的这个时代，未必比你所处的时代更残酷，但我所知道的作家，是含泪的、羡鬼的，他们奉旨写作丰衣足食，过着你难以想象的优渥生活。

163　谢志浩 @ 梁漱溟　　致梁公漱溟的一封信

令尊梁公巨川，虽做到晚清内阁中书，但非常厌弃腐儒，所以，不教《大学》、《中庸》、《论语》、《孟子》，而是送入中西小学堂，真是别具只眼，无形之中，培养了先生带着问题读书的人生趣味。先生由佛入儒，亦佛亦儒，具有先秦儒家的风格，难怪在"军调"时期，马歇尔将军短暂接触先生，就对先生的翻译叶笃义说："梁漱溟先生是中国的甘地。"这是先生儒家本色的自然流露。

177　徐庆全 @ 周扬　　致周扬先生

这样简简单单地梳理，就可以看出，你的一生，实际上凸显了20世纪中国革命知识分子历史的几个最重要的命题：革命与知识分子，革命与人性改造，革命与革命队伍内部的斗争，革命政治的惩戒机制和知识分子的关系等。这些重要命题，是在研究近现代中国历史，研究中国共产党的历史时，都绕不开的。

187　　谢泳 @ 储安平　　致储安平先生

丁酉之年，您在《给毛主席周总理提一点意见》的发言中，用了早年罗隆基批评国民党时创造的一个词"党天下"，您的命运从此开始转变，但那篇文章，今天读来还是令人感叹，这篇文章没有过时。

199　　蒋方舟 @ 张爱玲　　致张爱玲小姐

你总是把人想象得比真实更坏一些，或者说，你眼光毒辣，发现了甚至连他们自己都没有发现的猥琐心思，并且不惮写出来，不管那人是不是对自己有意，或是有恩。对胡适先生，你却是少有地留了情面。那时你们都在美国，离开了国内被人追捧、与人热络的环境，而都非常孤独寂寞。

207　　刁斗 @ 格里耶　　阿兰·罗伯-格里耶先生收

我喜欢法国小说家罗伯-格里耶三十年了。以前还有喜欢的理由，后来就没了，光剩下喜欢。喜欢他成了我的习惯。恋爱的时候我就这样。我们已约好了地狱里见——地狱热闹，比天堂好玩，或如你所说，你游逛的那个世界和我混迹的这个世界都像迷宫，是"不稳定的，浮动的，不可捉摸的"，因此，原本也就没什么天堂。

217　　崔卫平 @ 赵越胜　　致赵越胜兄

如果要我回答艺术与道德的关系，那么我说，这种关系包含在艺术家与自身的关系之内。正是这种与自身的关系，体现了艺术的伦理。一个人对自身诚实，才能够对这个世界保持诚实。忠于自身的艺术家，才能够忠于这个世界。即使这个人的作品暂时不被周围环境所接受，但是如果他对自己是忠诚的，那么必然包含了一种道德在内。

231　　赵越胜 @ 崔卫平　　和崔卫平谈纳粹美学

希特勒是学美术出身，对各类建筑极有兴趣。他的建筑美学核心观念就是"大",大到让人在建筑面前化为零,从而也在这些建筑物的主人面前化为零。他曾和施佩尔计划修建一座新的总理府,他的办公厅面积要大到九百六十平方米。那些本人并不伟大的专制暴君就是要靠这些外在的"大"来支撑自己。希特勒以为只有历史上留下来的建筑才能使人记住那个时代。

239　周海滨 @ 张治中　　致张治中先生

发言至此已经观点鲜明、态度坚决,而你还要最后信誓旦旦地说:"今天谁要想推翻共产党的领导复活国民党反动统治,像我过去和旧国民党有过长远深切关系的人,我首先就誓死反对,因为我还懂得爱国,我不能容许任何反对分子碰一碰我们国家的命根子,因此,我要坚决地反对右派!"

247　黄道炫 @ 蒋介石　　给蒋中正先生

败退台湾后,出于对毛泽东的痛恨,你常常骂毛泽东是毛毛虫,如同孩子一样,想着像踩死一只毛毛虫一样踩死毛泽东。可惜,那只存在于你渐渐老迈的思绪之中。在中国历史上,你是第一个亲手打下江山,又把江山失掉的人。隔着一湾浅浅的海峡,在对岸的夕阳残照中,可以想象,有多少凄清写进你的心头。

255　史航 @ 孙犁　　致孙犁先生

也许这几十年的经历,让你有时候是闲坐悲君亦自悲,总有物伤其类的伤感,有时候害人者遭了点时代的报应,你也一样是哀矜勿喜,所以,简直没有可以喜悦的契机。

"我的一生,不只不能在大事件上帮助朋友,同样也不能帮助我的儿女,甚至不能自助。因为我一直没有这种能力,并不是因为我没有这种感情旧日北京,官场有俗语:太太死了客满堂,老爷死了好凄凉。历史上许多美丽的故事,摔琴啊,挂剑啊,都是传说,而且出现在太平盛世故人随便加上一撇,便可以变成敌人。"

序言
一次精神穿越之旅

　　一次选题会上,编辑部同人正在热烈地讨论着近年颇热的"穿越",我则陷入了自我的短暂"穿越",脑子里冒出来一个貌似不太靠谱的想法。

　　写信!

　　就是想到这个词儿,没来由。

　　而且不假思索就道出我不太成熟的想法。我想邀请一些名家,给他们心目中的"那个人"写信,用最传统的方式。然后呱唧呱唧说了好多名家的名字。

　　编辑部短暂沉默。

　　然后,大家你一言我一语,讨论起这个想法的各种操作方式。我还在沉默,心想怎么圆说这个貌似不太靠谱的冲动想法呢?

　　大家无心报选题了,被这个想法说得有点激动。干脆,放下迫在眉睫的选题,认真讨论起关于"信"的特刊。名字还没想好,但想法得到一致认可。

谁给谁写？怎么写？以什么形式写？等等问题全被拿出来，讨论来讨论去，发现可行性很差。一个下午，"信"飞来飞去，都是"飞信"。

当晚。

还在兴奋状态中的我，想着怎么让这个想法靠谱起来。

第二天，一份不太成熟的操作方案和约稿信被拟好，同时拉了一个长长的写信人名单。这事就这么干起来啦。

第一封信发给谢泳老师。

> 谢泳兄
>
> 想向您邀约一篇稿子。具体如下：
>
> 每个人都有属于自己的精神偶像或是喜欢的历史人物，他们的精神传承与言行风骨也许是我们这个世界最宝贵的财富。如果有机会给他（她）写一封信，或请教、或探讨、或倾诉、或聊天……这是一次思想的对接和碰撞，也是一次心灵的穿越和交流。可命题为"给……的信"，特邀您参与这次有特殊意义的精神交流。

发信的那天是 2011 年 10 月 23 日。当天晚上，就接到谢泳老师的回信，他爽快地答应说，准备给储安平写信。我顿时很受鼓舞，觉得这事靠谱起来了。我知道谢泳老师写过好几本关于储安平的书，如《储安平与〈观察〉》《储安平：一条河流般的忧郁》等，他们之间已经有很深的精神交流，他给储安平写，合适。

第一个应稿的谢泳老师，也是第一个交稿的人。收到他发来的稿件，我心里踏实了很多，这正是我想象中的那种"信文本"，平等、平实、客观，娓娓道来储安平的人生苦难和精彩，也同时帮我们提出了很多问题和解答了不少疑惑。

虽然开局不错，但随后的约稿并不顺利，电话、邮件和当面邀约多管齐下，但确切应稿者不多。临近年底，很多专家学者忙于应付各种会议和总结，以及自己一年来研究的扫尾，都很难保证时间。很多人客气地回复有兴趣参与，认为选题有趣，但不敢保证能如期交稿。终于在我的软磨硬泡下，到10月底，基本敲定了十五位人选。

而我的目标是二十几位。

出于编辑的职业习惯，在执行这种大专题时，总要给自己留出足够的富余，避免一些可能出现的临时变卦。目标二十几位的话，至少要敲定三十位才算靠谱。11月，我继续以多形式发出约稿邀请，终于在月中时实现了目标。

我给出的截稿日期是2011年11月30日。

临近11月底时，我继续骚扰应稿者，一圈下来傻眼了。不少应稿者没把我的约稿作为首选，有了新的安排，纷纷告假。也有些应稿者落笔多次，终觉得掌控不好这种文本而放弃。一时间，再次陷入人选危机。但高兴的是，这轮催稿过后，已经有十位左右应稿者明确了交稿时间，让我坐等。

此时，我心里其实已经踏实多了。

刚好11月底，我应邀去深圳参加一个好书评选活动，现场来了很多专家学者，而且都是老朋友。面对面向他们约稿，几乎都爽快地答应了。加上同事纪彭也帮着联络了几位作者，而且都靠谱地交了稿。

到此，目标达成。

本期专题约稿，很值得人回味。一轮又一轮的沟通，一封又一封的信件往来，一篇又一篇的来稿，全程，我几乎时刻都在记挂这件事。

马勇老师接到我的约稿信时，正在外地出差，但他看了我的方案后愉快地答应了，"当然要给袁项城写信。"收到他来稿后知道，他当时正在袁世凯的安息地安阳参加"辛亥革命与袁世凯"学术研讨会。他说，在这个群贤毕至的会议上，专家们提出了很多有意思的疑问，也让他多了很多的困惑。值此困惑之际，我们的这个创意刚好符合他对这些问题的表达形式，通过穿越时空的方式，求教袁世凯。

邵建老师是我多年的作者，他的胡适研究著作我都拜读过，所以，给他发约稿信时，直接点名让他写胡适，但邵建先生表示想给梁启超写信，为此，我们来回发了很多信。我说梁启超已有人在写了，他依然坚持给梁启超写，他认为不同的人眼中有不同的梁启超。

的确如此，邵建先生写给梁启超的信，向我们道出在1901—1911那十年立宪阶段的梁启超，作为20世纪宪政发轫的第一代人，他的成功与失败、焦虑与苦闷是值得我们敬佩和景仰的。

另一位给梁启超写信的是解玺璋先生，他正在写作《梁启超传》，被我点名写这封信。

在我向江晓原老师提出约稿邀请时，他的第一句话就是"春节前都排满了"。一杯咖啡过后，他说，"你的约稿可以插队，我喜欢你的创意。"在开会现场，他就动笔在纸上写写画画，回到酒店后江老师告诉我，他要给牛顿写封信。通过这封信，他想和牛顿交流两个信息：1. 历史如何印证牛顿的科学理论及其价值与意义；2. 牛顿在后人心目中的形象如何。通过江教授的讲述，我们清晰地获取了这两方面的信息。

俄语文学翻译家蓝英年先生可能不太擅长用邮件，我们的信件交流很少，蓝先生第一封回信是"我想和果戈理对话"，第二封邮件就寄来了稿子。让我没想到的是，蓝先生这篇文章非常有创意，他和果戈理来了一场"虚拟对话"，正符合我心中对文本创新的要求。在本期专题中，这篇是最典型的"私信对话"。通过这场有趣的对话，我们能全面了解果戈理与苏联、俄国不同时期文学与政治、作家与艺术家等。信息量大，可读性强。

法语翻译家吴岳添先生，译有多部法朗士的作品，接受我的邀请时，他正在出差和参加多个会议中，但他非常希望借这个机会和自己多年的翻译对象有一次这样的交流，就百忙之中应了稿。临近截稿时去信"温馨提醒"，吴先生说刚开完多个会议回到北京，这就动笔，"君子一言，驷马难追"。

长沙周实先生接到邀请后，从12月6日开始，每天一封信，不是给我，是给靖节先生——陶渊明。到12月12日，共写了八封信，探讨了关于诗歌、文学、精神生活等多方面的问题，并以他的认识给靖节先生立了个小传。

王学泰老师在给杜甫的信前面，写了长长一段引言，表达了他对写信这种形式的认可，认为本刊发起的这种古今人间的交流平台很有创意。2012年2月12日，是诗人杜甫一千三百周年诞辰，学泰老师说："读了一辈子杜诗，希望以这种方式表达对杜甫的感念之情。"

徐庆全老师在写给周扬的信中说，"天国书信"是对逝者最好的思念方式。这组信多为"天国书信"，只不过很多人以现代的方式予以表达。

周泽雄先生在写给韩非子的信中，开头就踌躇再三，该以什么文体表达。最终决定悉采今语，该怎么说就怎么说。周先生认为，以韩非之绝顶聪明，辅以冥界的穿越神功，理解这封小札，原非难事。

当然，我们这本书也吸纳了像崔卫平老师写给赵越胜这样的今人之间的对话。崔老师说："用写信的方式来讨论美学问题，像是回到了70年代。那是周辅成先生的年代，也是你的年代。你出国之后，我业余从事的一桩事业就是，挨个儿继承了你的朋友。"

此外，还有和谢志浩、肖复兴、刁斗、杨照、俞晓群、阿丁等老师的约稿，也都有让我感动的故事，这里不一一说了。还要感谢同事纪彭，帮忙邀约徐庆全、余世存、蒋方舟三位参与写信。

最后，再说说我们为什么命名为"私信@他们"。

微博时代，私信是很多人网上沟通的方式之一，本期专题约稿，也借助了私信的平台，马勇、杨照、周泽雄、阿丁等都是通过私信约定的。所以，在为封面拟标题时，"私信"成为绕不开的选择。@是微博独特的表达方式，表示提示对方接收之意。

忙了数月，达成一次精神穿越之旅。这样的旅程没有终点，我们决定继续下去。"私信"将作为一份年度精神总结，继续邀请名家，和他心中的"那个人"，每年一次"私信穿越"，一场思想分享之旅。

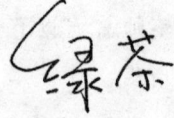

致豁达、开朗、叛逆的仲尼

杨照 敬禀

孔子（公元前551年9月28日—公元前479年4月11日）

儒家学派创始人。

名丘，字仲尼，鲁国陬邑（今山东省曲阜市南辛镇）人，春秋末期的思想家和教育家。编纂《春秋》，修订"五经"，创办私学，打破传统贵族教育模式。一生从事传道、授业、解惑，被中国人尊称"至圣先师，万世师表"。孔子弟子及其再传弟子把孔子及其弟子的言行记录下来，著成《论语》，成为儒家经典，后人称之为"半部《论语》治天下"。

杨照：台湾作家、文学评论家和政论家。《新新闻周刊》副社长兼总主笔。1963年生人，本名李明骏。台湾大学历史系本科、美国哈佛大学东亚史硕士、哈佛大学史学博士候选人。研究专长为中国古代思想史、社会人类学。著有《在阅读的密林中》《问题年代》《故事照亮未来》等。

孔子你好：

　　你不会知道，当然不可能知道，根本也没几个人知道，我曾经以你为题材，写过一部完整的电影剧本，就在二十二岁，大学毕业那一年。想象中的那部电影，老老实实就叫做——《孔子传》。电影第一个画面，是六十多岁的子路，布满皱纹的脸部大特写，一个英武中带着睥睨神色的表情。然后镜头拉开来，看到在他对面，有两个体形壮硕、手执斧钺的年轻力士。三个人突然一起动起来，沙尘飞扬，隐隐约约中，很快就看出子路不可能是这两个年轻人的对手。少顷，子路颠踬至战斗圈外，身上涌出鲜血——子路没有顾及身上的伤口，甚至没有看面前的对手，他放下手中的武器，捡起掉落的帽子，戴上，而且郑重其事地系好帽带——瞬间对手冲了过来，子路视若无睹，转头瞪视其身后……黑画面，片名"孔子传"由暗而明地出现。然后，你才出场。也是个老人，在室内不安地踱步。听见外面有杂沓的脚步声，慌忙出来，在庭中遇见了赶来的使者。什么客套礼仪都没有，焦虑地劈头就问："仲由，是仲由的消息吗？"使者一拜，说："子路，回不来了。"

　　你放声大哭，真正的哀痛号哭。就在庭中，就在送消息的使者面前。使者惊骇，绕着老师的弟子们也都大感不安。其中一个弟子前去扶住你的肩头，劝说："老师，先进屋里吧！"你甩掉他的手，像个耍赖的孩子，既悲又愤地说："别管我！"

《论语译注》
杨伯峻 译注
中华书局
1980 年出版

《论语》的译注版本很多,杨伯峻的是最经典的。它汇编了研究孔子的重要文献《论语》20 篇,作了最为详细具体的分析和注解。

然后画面淡出,记忆画面淡入。先是那一段你到卫国去,被卫灵公的宠妾南子召见的往事。子路怀疑你好奇南子声名在外的美色,所以才应召而去,对你发了一顿脾气。两人吵了好一阵,好不容易子路承认不该这样怀疑老师,但一转头,他马上又拉长了脸冲你:"如果不是为了去看她究竟有多美,那您难道是为了透过南子,取得参与卫国国政的机会吗?可以用这种不正当的手段吗?"你又好气又好笑,子路就是这样永远充满正义感以近乎不可理喻地步的人。

再一段回忆。子路在城中奔跑,上气不接下气。遇到人就问:"有没有看到我的老师?""有没有看到仲尼?""有没有看到一个个子很高、额头突出的人?"……问了好几个人,终于有一个人想了想,点头思索道:"刚刚在那个方向,有个人看起来好像迷路找不到家的狗一般,就是个子很高、额头突出的。"子路立即谢过,赶忙朝那个人指引的方向去,跑了几步,却忍不住笑得停了下来,"哈哈哈,原来老师像一条迷路找不到家的狗……哈哈哈……"

在子路豪迈夸张的笑声中,镜头往上攀,变成俯视的远景,就在街角我们看到东张西望的你,镜头再拉高,有一波烟尘危危然飘过来,远方是厮杀中的战场,火焰扬起……

剧本只花了两个星期就写出来了，稿纸厚厚一沓。写完的当下，在书房中起身，真觉得自己做了一件了不起的事。当然，我并没有不切实际的梦想，认为这样一部剧本会化成大银幕上的电影，给我带来什么样的名和利。写到一半时，我就注意到这部剧本的致命缺点——没有女主角、没有恋爱故事，却有好多雄伟的大场面，哪有人会愿意出大价钱拍这种电影？！我不是没有考虑过，要不要加写一段可歌可泣的爱情，但很快就放弃这个念头了。年轻气盛的情绪里，我拒绝让女主角和恋爱故事模糊了这部剧本的焦点。

焦点是：你非但不是个无趣保守、一天到晚订规矩的人，你还是个豪迈自在、开朗豁达而且具备幽默感的人。不然你身边不会聚集那么多不同个性的学生，心甘情愿跟着你流浪吃苦。我的成就感就来自于认真地帮长久以来被误会、被冤枉的你，出了一口气。

你生于公元前551年，距离平王东迁约过了两百年。西周时的封建宗法不再有实质功能，然而旧规矩却还没有被遗忘、被取代。

在你之前，所有的教育都是贵族教育，只有贵族才能接受教育，而且教育的目的并非是让一个人变得更强悍或更有能力，而是教人学会贵族社会所需的礼仪规范。那就像是修剪篱笆树一样，借教育将每个人的样貌训练成一致，不会像野花野树那样东生西冒。贵族教育的重点是让人的行为符合其相应的身分。

你自己说：从十五岁开始认真学习了原有的贵族教育内容，然后"三十而立"，三十岁而有了自立的能力。在你之前，"三十而立"的"立"指的是找到一个贵族主人，用自己学会的能力来服务主人；但你的"立"却不是，你在三十岁时成了一个老师，这是你在中国历史上最重要的突破。

三十岁当老师有什么了不起？很了不起！因为在你之前，根本没有"老师"这个行业。原本的贵族教育体系里,身分、技术都是一代传一代,世袭相传的,不会传给别人。

你创造了"老师"这个角色,不只是中国最早的专业老师,同时也是最杰出的老师。传统之说你有七十二个弟子,重要的是,光是有可信史料记载的孔门弟子,有各自不同个性的就不止一二十个人。显然,你教的,不是一套统一的教材,也没打算教出一模一样的学生。

你的弟子中,我最喜欢子路,所以电影剧本才会以"子路之死"开头。那是出自《左传·哀公十五年》的记载,说卫国发生了动乱,太子蒯聩出亡后又回到卫国,要和自己的父亲争夺王位。蒯聩为了扩张势力,就挟持了外甥孔悝,占据孔悝的城。当时子路是孔悝的家臣,事情发生时他人在陈国。而在卫国的朝廷里还有孔子的另一名学生子羔,子羔一看状况不对,就逃离卫国,在去陈国的路上,遇到了正要赶往卫国的子路。子羔就警告子路:卫国情况很危险,不能再进去了。子路坚持:作为家臣,主人有难时,非得尽职救难不可。

子路回到卫国,当面质问蒯聩,并火暴地威胁蒯聩,若敢对孔悝不利,他会立刻找人继承孔悝,继续对抗蒯聩。蒯聩被骂得火大了,就派石乞、孟黡击杀了子路。

两人"以戈击之",子路落居下风。《左传》中特别记载,打斗时子路的帽缨(绑帽子的带子)断了,于是子路说:"君子死,冠不免。"死前所做的最后一件事竟然是将帽子戴好,然后"结缨而死"。子路至死都不屈从,以"结缨而死"的动作,嘲讽了蒯聩不知礼、不顾廉耻,和自己的父亲争夺王位的荒唐行为。蒯聩之所以出亡,主要是因为他的父亲卫灵公有一名大美女宠妾"南子",南

仲由（公元前 542—公元前 480 年）

字子路，又字季路。

春秋末年鲁国卞之野（今山东泗水县泉林镇卞桥）人。孔子得意门生，以政事见称。为人亢直鲁莽，好勇力，事亲至孝。除学六艺外，还为孔子赶车，做侍卫，跟随孔子周游列国。他敢于对孔子提出批评，勇于改正错误，深得孔子器重。

子路的言行在《论语》中出现过 41 次。是孔子弟子中对后世影响较大的一个。

子竟然又和另一名男子宋子朝发生了不伦的感情，成为卫国的丑闻。蒯聩要替父亲报戴绿帽子的仇，想杀了南子，行动却失败了，反而不容于卫灵公。

《论语》中也记载过你到卫国时，和南子之间发生的事。南子听说你到了，要求见你，你去了，然而回来后，却被子路摆了个大臭脸。"子见南子，子路不说。"子路在不高兴什么？子路不愿接受你竟然也是个贪好美色，会被美色诱惑的人。他更不愿人家猜测你想透过南子在卫国谋求权位。子路不赞成、不希望你去见南子。被大弟子子路如此明白质疑，你只好说："予所否者，天厌之！天厌之！"如果真的如此，那就让上天惩罚我吧！

这就是你和子路之间的关系。

《论语》里多次提及子路，每次都显现出他特殊的个性。例如你和四个弟子一起谈话，希望大家说说自己的志向，子路马上抢先回答，说："千乘之国，摄乎大国之间，加之以师旅，因之以饥馑；由也为之，比及三年，可使有勇，且知方也。"他有自信在三年间，就让一个中型而且陷入危难的国家翻身变强变好。子路说完，你笑了。

后来曾点问你笑子路什么，你回答："治国应该要有礼，子路

《子路问津图》明代 仇英 画

讲起话来大剌剌的，所以笑他。"你笑子路，但并没有否定子路的志愿。另外一段，你对其他学生说："道不行，乘桴浮于海，从我者其由与。"那是你的感慨，觉得自己的理想无法实现，那干脆漂流海上算了；若真有这一天，大概只有一个人会跟着你，那就是子路。

有人把这话转述给子路听，子路很高兴，高兴你最了解他，他绝对卫护老师到底，不离不弃的。有那么一天，孔子要"浮于海"，放弟子们自由发展，却会有一个人打死也不离去，那个人就是子路。但你还是要夸他一下，对他说："由也，好勇过我，无所取材。"——你真的比我还勇敢，但你别急你别忙，我还没找到做木筏的材料呢！——简短的对话，再次显示了子路有多性急，也可以看出你独特的幽默感。

还有一段，你又叫颜渊和子路说说自己的志愿。当然还是子路抢着先回答，他说："愿车马、衣轻裘，与朋友共，敝之而无憾。"最好的东西都要和朋友一起享用，就算被朋友用坏了也没关系。有趣的是，颜渊也回答了之后，子路还拿同样问题反问老师你，仿佛是说，我们给了答案，老师也要给答案啊！

子路为什么这样和老师互动，近乎没大没小？因为子路只小你九岁。子路死在戈下那年，你七十二岁，子路也是个六十几岁的老者了，却到老还那么冲动。

《左传》后面补了一小段你闻卫乱的反应。你看子羔回来了，脸色发白，因为你深知子羔不是贪生怕死的人，他都回来了，表示卫国的情势真的很糟。你慌然预言："柴也其来，由也死矣。"而果然，子路就真的死了。知道子路死了，《礼记·檀弓》中记载你"哭于庭"，你太悲伤了，甚至没有办法回到屋内才哭。而且后来陆续有人来吊丧子路,"夫子拜之",这是大失礼,你是长辈,照礼数,是不能替晚辈子路回拜的。你不可能不知道自己失礼,但你和子路的关系早已超越"礼"在你心中所能承载的,你非得如此失礼,才能发泄子路之死带来的冲击。

你一生最大的成就、最大的快乐,以及最深的悲哀都和你的弟子有关;你的生命和弟子紧密连接。你是这样一个全心全意的老师,你更是这样一个充满真情真性的了不起的人。

我从三个方面仰看你的巨大贡献:

第一,立志普及贵族教育,开创了"老师"这个身分、这个工作,将原来只在贵族之间流传的知识与技能,拿来教导不具备贵族身分的众人。在这一点上,你的做法是很叛逆的。周朝以血缘组织架构的宗法规定:什么样身分的人才能相应做什么样的事。虽然你总说要复兴"周公之礼",但你同时也是"礼制"最大的破坏者。礼本来是跟随身分的,哪能"有教无类"?如果真能恢复了周公所制定的"礼",那么第一个要取消的,就是"老师"这个身分。

第二,你不仅将传统的贵族技术教给原来没有资格受教的人,而且还扩大了教育的意义与内容。你的教育要区分"君子儒"和"小人儒"。什么是"小人儒"?就是抱着功利态度来学习的,想要学些"有用"的技术。"君子儒"呢?那是认认真真学习,不去想之后能得到怎样的俸禄。作为老师,你最大的贡献在于教会学生——学习,不只是为了糊口。

《论语》里记载了很多关于"出处"的讨论。"出"就是去卖,拿技术去卖,"处"就是留着。你最欣赏的弟子是颜渊。颜渊一辈子没出去卖他的技能,学了一身本事,却没办法在那个时代得到发挥。你称赞他:枕着手臂睡,光喝水就很高兴。"学"的意义在你手中改变了。学不是学技术，是学"人格"。后来荀子说得更清楚，"有为人之学，有为己之学"——"小人儒"就是"为人之学"，"学"是工具，拿这工具去服务别人。你看重的却是"为己之学"，学习是为了改变自己，让自己成为更完整、更丰富的人。

　　第三，改造了"学"之外，你还改造了"礼"。你是当时有名的"知礼者"，对于封建宗法有关的礼数，知道得比别人多、比别人细。但你不强调礼的规矩，转而强调规矩后面的精神。你说"祭神如神在"，祭神要假装神在，也就是说不是真的有神，是为了给自己心理安慰，所以假装有神在。你不谈"怪力乱神"，因为你要的是去除神怪信仰后的礼的精神。礼本来是一套规定、一套技术，却在你手中变成了一套原则。你反复探讨礼背后的精神，让礼仪的"礼"变成道理的"理"，学习规矩的同时，要探讨规矩后面的道理是什么。

　　你还原了"礼"的根本作用。"礼"不只是拿来规范贵族行为的，"礼"应该是人与人之间的一种美好的秩序状态，因此我们要学"礼"，要懂"礼"，管辖贵族的宗法封建没落了，人却还是需要"礼"的，以"礼"彼此相待，彼此尊重，大家才能过得安心安稳。"礼"的具体内容可以随着时代变化，但不能放弃"礼"在规范、融洽人与人关系的作用。人与人之间如果没有"礼"，那就只能依靠"法"——惩罚性的外在规则——来维持秩序，大家都只是因为怕受罚而守规矩，那样的社会很紧张、很可怕。

　　你重新诠释了"礼"，在教育的过程中偷天换日，将原本西周宗法封建传下来的东西，改变了实质内容，这是你开创的功绩。

　　第一，开创了老师身分；第二，强调将学习变成目的；第三，改变了"礼"的实质内容，从这三大功绩我们可以明了，你内在有极为强大的生命力量,你必须有巨大的叛逆性,以及强大且坚持的逻辑头脑。

　　我从这样的角度理解你,并相信这样才能比较公平地接近历史事实的你,也是在今天还可以提供巨大启发的你。你有方正、有矛盾,也有正直、热情等多重面相,你绝不是传统刻画单调的孔子,而是一个活泼、充满生命力的人,敢于挑战传统,敢于思考新事物、新原理的人。

杨照

致墨子

余世存

墨子（公元前468—公元前376年）

墨家学派的创始人。

名翟（dí），春秋末战国初期鲁阳（今河南省鲁山县）人。创立了以几何学、物理学、光学为突出成就的一整套科学理论。墨子一生的活动主要有两方面，一是广收弟子，积极宣传自己的学说；二是不遗余力地反对兼并战争。有《墨子》一书传世，大部分是墨子的弟子或再传弟子对墨子言行记录的汇集。提出了墨家的十大主张，即"兼爱""非攻""尚贤""尚同""尊天""事鬼""非乐""非命""节用""节葬"。

余世存：作家、思想家。曾任《战略与管理》执行主编，《科学时报》助理总编辑。1969年生人，1990年毕业于北京大学中文系。编有《非常道》等，著有《中国男》《老子传》等。

墨子您好：

《文史参考》要我给您写一封信，我轻率地答应下来，想想却犯难了。以我这样的中年，给您写信，从何说起呢？您和我的心智如何对话呢？您一生自苦、勇猛精进，我是在跟什么状态下的您交流呢？您去楚国制止一场战争的时候，不到三十岁吧？您这样的行者，哪里听得进我的唠叨呢？我若饶舌，那不就成了您成行前的小人儒公孙高了吗？或成了您的学生曹公子一类大言炎炎者了吗？

那么我就祝您一路平安吧。

您走了十天十夜，到了楚国，经过动口动手的较量，打消了楚国攻打宋国的念头，用今天的话说，您制止了一场"单边主义的国际战争"。这一成就是当代的纵横家们望尘莫及的，那些在空中飞来飞去的政客去做"和谈"，加剧了国际社会的不安。

梁启超曾说，古今中外论济世救人者，耶稣之外，墨子而已。晚年的鲁迅，他跟胡适一样称您是有史以来最伟大的人物，一向尊重我们民族的"脊梁"。在去世前两年，鲁迅写下《非攻》，向年轻的您致意。他说您到楚国时，草鞋都断了好几回，像一个"老牌的乞丐"，但为国立了大功的您回去时更晦气："一进宋国界，就被搜检了两回；走近都城，又遇到募捐救国队，被募去了破包袱；到得南关外，又遭着大雨到城门下想避避雨，被两个执戈的

由张之亮导演、刘德华主演的电影《墨攻》海报。这是唯一一部反映墨家子弟"兼爱""非攻"思想言行的电影,其阻止战争、宣传和平的主题能够使人更好地理解《墨子》的思想。不过,电影改编自日本的同名畅销漫画。

巡兵赶开了,淋得一身湿,致使鼻子塞了十多天。"

像您这样的年轻人,勇于行动者,我们今天的中国也有不少啊。您非战非攻,但您是不战而胜的军事奇才,是守卫大师。您是科学家、逻辑学家、教育家、哲人,是社会活动家……您这样的人,在当时当下都是生命自我完善的典范。而我们太多的生命个体,在完善进化的阶梯上往往到了某一阶段就停滞不前,我们多半成了温室的花朵,要进到圈子、体制、机构中去才能存活,比如说一为文人再无足观,比如说侯门一入深似海,再比如说傍官傍体制傍大款……

您不是没有机会赚取生存的物质条件,您游说楚王打消了侵略宋国的念头,楚王读了您的书,虽然不愿实行您的主张,但愿意包养您,后来还要给您五百里的土地。您推辞了,"道不行不受其赏,义不听不处其朝。"这话说得多好啊。类似升官发财的机会很多,越国也想给您土地,但您回答:"越王如果信奉我的理论,采纳我的政治主张,那么我就甘心为越国效劳,何必分封于我呢?相反,如果不信奉我的理论,不采纳我的政治主张,而我又前去接受赐封,那么我就是用义去换取显赫的地位了,这是我所不能做的。"可惜大多数人只想过好日子,管什么道义不道义啊。我曾

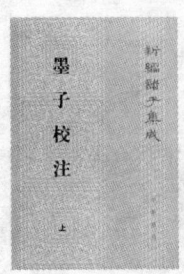

《墨子校注》
吴毓江 注解
中华书局
2006年2月出版
这是《墨子》最好的注解本，全面分析和注解了墨子的十大主张。

说，我们大多数人都是黑格尔存在主义的庸众。我们比您老到得多，成熟得多。

说到这里，我明白过来了：跟您对话，其实是跟我们自己的青春理想对话，只不过，我们大多数人背叛了自己的青春，而您将人性、人生的理想高洁贯穿始终，一生都高尚其事。唯有像您那样，去实现青少年时期的梦想，才会成为一个希望世界和平的社会活动家，才会成为一个对光学、数学、物理学、宇宙发生论都有收获的大科学家，才会成为一个善启蒙的教育家，才会成为一个敢于抵挡强敌入侵的大军事家，才会成为哲人、演说家、诗人、思想家……

我们现代人的生活几乎都是一个背叛的人生。我曾经写过一篇《背叛》的小文，为背叛青春的社会现象而伤感。许多人跟我说：你写的是谁谁谁，你讽刺了某某人。实际上我并没有针对具体的对象，我只是为我们几代中国人的背叛伤感。好在每一代人中，都有一些知行合一、一以贯之的行者、仁者、志者，都有一些能够完全理解人类的才能并实现人类才能的人。以您的才华，您完全也可以背叛您的来路，离开平民大众，去做一个"肉食者"，但您没有那样做，您只是顺着您的人生要求去成全自己，因此您比诸

位于山东滕州市火车站广场上的高达 11 米的墨子塑像，由著名雕塑家王昭善先生设计。墨子的出生地鲁阳位于何处，在学术界一直存有争议，其中，一种说法就是在山东滕州。今天，在滕州有墨子国际研究中心、墨子故里和墨子纪念馆。

侯国家活得更长久。

因此，您在六十多岁的高龄，还赶到齐国去，劝说齐国不要攻打鲁国。因为您把自己锻造成为人间龙象，使任何人主、权贵都会心仪或屈服于您的精神。子墨子见齐大王曰："今有刀于此，试之人头，倅然断之，可谓利乎？"大王曰："利。"子墨子曰："多试之人头，倅然断之，可谓利乎？"大王曰："利。"子墨子曰："刀则利矣，孰将受其不祥？"大王曰："刀受其利，试者受其不祥。"子墨子曰："并国覆军，贼杀百姓，孰将受其不祥？"大王俯仰而思之，曰："我受其不祥。"

这一对话多么简洁、痛快！您再次制止了战争，因为您和齐大王都知道任何人都不能踩躏、作践、毁灭生命，否则，会受其不祥。"生，事之以礼；死，事之以礼。""死者为大！"这一正大的信仰是当时的儒家、墨家、国君、鄙人……都具足的，只是今天的我们完全隔膜了。我们今天在权力烦琐的安排和市场花样百出的游戏里往而不返，已经失去了这种最低限度的伦理共识。

有时候想，这个世界的不幸、灾难多半原因是失去了这类共识，失去了您这样的人中龙凤。重建生命的伦理价值共识，也是我多年来想做的工作。一个当代汉语贡献奖做了十年，差强人意。

当时，还曾想做另外一个奖，即以您和大禹的名字来命名的"禹墨奖"，我甚至设计了这一奖采用非现代民主表决的方式，师法两位的指令和推举办法，指令得主为行动者模范的"巨子"，看看它能否自己去繁衍。我们所要做的，只要找到第一个"禹墨奖"得主就可以了；以后的得主以及"巨子令"就由前者传递了。这一考虑有充分的依据，它不是表决性的，但也不会是独裁的，每一位"巨子"在指令自己的精神传人时，会征求意见，并作出自己的裁决……这是在当代喧哗的社会人群中寻找同道、识别行动者"精神家族"的办法，以慰藉那些孤独者，以方便他们归队。每年传递，十年、二十年将会多么壮观。

当然，这种"单线传递""花果飘零"般的做法仍受到朋友们的质疑，以至于"巨子令"迟迟没有设计出来。这一想法只成为少数朋友们的谈资。想到您墨家的"巨子"，禽滑厘、孟胜、田襄子、腹䵍，也没有传下来，不免让人遗憾造化弄人。人们批评您是小生产者的代表，是民粹主义，是黑社会，是帮会的祖师……哎，这种批评实在是文明史上的大小苍蝇，而您的光芒即使被遮蔽千年之久仍会闪现出来。

也因为这些想法，我对您一直怀有歉意。我还认识一位意大利朋友，他在英国修中国哲学时，选择的对象就是您。看到他在您的一本中英文对照的著作中圈圈点点，我无来由地感慨。他当然是极佩服您的，极为称道您百科全书式的学问和力行精神。惭愧的是我们多数国人至今尚未认识到您的博大和完整，我们有一种现代的方便法门，总是把您和一切如您一样的先哲肢解归类消费……而您的生活、您的喜怒哀乐，我们是视而不见的。您和弟子的关系，耕柱子、高石子、禽滑厘，等等，真是如父子兄弟。这种共同向慕道义的人生在今天是看不到了。

在前年写作《老子传》的时候，我在最后借老子之口提到对您作为后起之秀的赞叹："他以自己的天才力量不仅沟通了天地，而且沟通了上层下层，沟通了大人先生和黎民百姓。墨子以游士身分不曾依附上流生活，却把自己锻炼成了人民，从历史的黑暗中浮现出来。"我还在这一虚拟的历史情境里说："老子告诉老朋友，三代文明有墨子这样的结果，也算是正果。只怕天下之大，容不下墨子这样的人。"

跟您聊这么多，不知道您是否理解，是否感到安慰。生活这样艰难，大道多歧，历史有时渺茫，但您和一切仁人志士给予的光明既照亮了自身，也照亮了世界。

愿您的灵陪伴我。

2011 年 12 月 19 日写于鼻塞三天之后
余世存

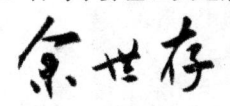

致韩公子非

周泽雄

韩非（约公元前280—公元前233年）

战国法家思想的集大成者。

战国末期韩国（今河南新郑）人，为韩国公子（国君之子），故又名韩非子。

韩非著作吸收了儒、墨、道诸家的一些观点，以法治思想为中心。他总结了前期法家的思想，提出了君主专制中央集权的理论，形成了以法为中心的法、术、势相结合的思想体系。秦始皇对他的主张大加赞赏，秦统一中国后采取的许多政治措施，就是韩非理论的应用。《韩非子》是韩非主要著作的辑录，共有文章五十五篇，十余万字，保存了丰富的寓言故事，在先秦诸子散文中独树一帜。

周泽雄：自由文人、文学批评家。1963年生于上海，1984年毕业于华东师大中文系。著有《青梅煮酒》《当代眉批》《说文解气》《性格卡片》《文人三才》《望文号脉》《追问三国》《齐人物论》（合作）等。

韩非您好：

　　写信前，我踌躇再三。起初，我为使用何种文体犯过难。我想，为了顺应您的时代性，我是否该采用那种让我勉为其难的古典语言。不过我马上找到了放弃的理由，决定悉采今语，该怎么说就怎么说。一方面固然是便于藏拙，另一方面却也是遵照您的指点，免遭"守株"之讥。您的名言是："圣人不期修古，不法常可"、"世异则事异……事异则备变"，用今语来说，您是"与时俱进"的先驱和楷模。既然如此，我就不必在尺牍格式、书札礼仪上过于拘泥了。再则，以您之绝顶聪明，辅以冥界的穿越神功，理解这封词浅意直的小札，原非难事。

　　首先，请允许我对您横遭不测的命运，敬表哀悼。我听说，您死于同学李斯递上的一杯毒药。这种与君主意志相关的毒药，会制造一种介乎自杀与他杀之间的死亡，也许，把它理解成最温和的谋杀更准确些。当然，官方常用语"赐死"，亦已道尽此中真义。人死不可复生，您的人生观里又无天堂、来世之念，我纵想安慰，也无从着手。我只是告诉您，较之您惨遭"肢解""车裂"的同道先驱吴起和商鞅（在大作中，我注意到您多次道及二位死状），您的结局不算最糟，您的同学、秦之丞相李斯先生日后死得更惨，他被大宦官赵高腰斩于市。此前，在您未曾听说的万里之外，有位伟大的哲人，同样死于一杯毒酒，

《韩非子译注》

韩非 著

张觉 译注

上海古籍出版社

2007 年 4 月出版

《韩非子》全书十余万字，分五十五篇，论述君主如何才能管好臣民，坐稳江山，宏国强兵。这本帝王学说之书除论述法术、权势之外，也谈及君主的道德修养、政治谋略等。

他叫苏格拉底。当然，这对您也算不上安慰，恕我直言，以您之卓绝才智，您原本有望接近他曾达到的高度，但您最终错过了，以致你们俩唯一之共同点，只剩下那点杯中之物了。这话且搁下，容后再表。

虽然我可以方便地读到您的著作，但由于其中欠缺身世遭际方面的描述（感喟性文字，倒相当丰富），对您的生平，我只能借助司马迁的描述，以及《战国策》里那点语焉不详的文字。和您一样，晚您百余年的司马迁也是千年一遇的天才，他的专长是史学。您未能读到他的杰作《史记》，真是憾事。您大概想知道他是如何为您立传的吧？文字不多，但信息量极大，包蕴无穷，这也是司马迁文字的主要特色。对于您的特征，他只提及了一个生理缺陷：口吃。您不必介意，作者提及此事，并非出于寻常史家揭人隐私的爱好，而是将此视为您悲剧人生的一大重要关节。至于他闲闲落笔地提及李斯曾"自以为不如非"一事，是否暗示了那杯毒药缘于秦相的忌妒，我未敢断言。若能起您于地下，您当另有话说。在大作中，忌妒也是您有所留意的心理现象。

据司马迁相告，您并不像芸芸时贤那样，有着足可夸耀的事功。您贵为韩国公子，曾屡屡向韩王献计上策，惜乎无一计获采。

借助您的杰作《说难》《孤愤》，您向时人和后人传达出一派怆烈无边的孤苦心绪，读来极为动容。但由此我们也获悉，除了退而著书，您并无他事值得缕述。您不善言辞的致命天性，妨碍您从事当时炙手可热的职业：纵横家——当然，您曾对该种职业的从事者表达了鄙夷和有你没我的决心。说到沙场征伐，似乎无人能想象您的骁勇，您在攻城略地上的记录一片空白。您和李斯同为大儒荀子的学生，但您是否有过升帐授徒之举，我不得而知；您可曾娶妻生子，司马迁亦无片言述及。在那个被您概括为"争于气力"的乱世，您仅凭一件看上去最为悠闲的活计——闭门著书——就引发一场国家间的战争，着实让人震惊。您日后将会面对的那个君主，即使在两千年后的今天，"千古一帝"的威名仍然赫赫高悬。当年，秦王因为某个机缘——是否与一桩间谍案有关？——读到您的大作，发出了一声与您的才华、心志最为般配的感叹："嗟乎，寡人得见此人与之游，死不恨矣！"他接下来的举动，在古今求贤史上也值得大书一笔，那是一种连"求贤若渴"都不足以概括的超常行为：为了得到您，他向贵国发动了战争。

他如愿了，您呢？作为韩国公子，您对祖国的态度与那些奉行"良禽择木而栖"的纵横家大有不同，与楚国先贤屈原倒有几分相似。但是，韩国最为积弱的国力与韩王相对昏聩的能力，无助于您施展旷古绝今的抱负，则是必然的。韩国与强秦地理位置最近这个事实，意味着它最可能首当其冲地遭到鲸吞。您命定的纠结在于，您的思想只有依赖那个特定的人主，才有望横绝四海，而那位人主——秦王嬴政，恰恰最可能给贵国带来灭顶之灾。您的人生抱负与情感归宿，宿命般指向相反。秦王一统天下的伟略，只有先把贵国的城楼踩在脚下，才有望继续下一步，而您见到秦

《韩非子》
明万历刻本（节选）

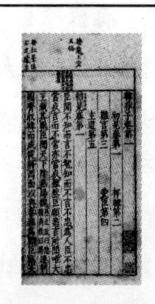

王后的第一道奏议，竟然要求他"存韩"。可以想见，即使您因为口吃而大打折扣的谈吐言行没有令秦王失望，您这道奏议，也够让他扫兴了。于是，恰在您有望大展宏图的那一刻，您为自己埋下了悲剧的种子。

现在继续向您汇报司马迁的写法。他为您写的传记，总共不过一千六百来字，其中逾五分之四的篇幅，在全文抄录您的名作《说难》。这当然不是史传的规范写法，与司马迁在他处的写法也不相合。何以故？无他，司马迁以其天赋的洞察力，捕捉到了您最大的悲剧点，并重点加以渲染。您的人生使命和精神抱负，专在向君主陈计献策，您又深知言说的种种利害奥妙，最终，您仍因自己的不当言说而遽赴黄泉。惜墨如金的司马迁，遂不避重复，两次感叹道："然韩非知说之难，为《说难》书甚具，终死于秦，不能自脱"，"余独悲韩子为《说难》而不能自脱耳"。

我们知道，在如何善待各类人才方面，您的生死冤家李斯，曾借助一篇理实气畅的名文《谏逐客书》，帮助秦王刷新了认识。根据这份认识，结合秦王对您文字曾有的好感，尤其结合韩国与秦国悬殊的国力对比，要说秦王非要置您于死地，恐不无勉强。当然，即使从您的眼光看，所谓君主，也就是有权不按常理出牌的人,有权三心二意、随心所欲、反复无常的人,用寻常的处事逻辑来考察普通人或许有用,施诸"威加海内"的君王,则过于天真。为此,我必须为秦王做出任何怪诞举动的可能性留足余地。另外,李斯与您的关系,是否真到了必欲除之而后快的地步,已有资料亦不足信。司马迁还提及了另一个人:姚贾。您的事,他似乎难脱干系,但罅隙究竟因何而起,资料仍付之阙如。大略而言,姚贾的纵横家特色,在您著名的《五蠹》分类里,倒是属于必除之人。退一步说,即使姚贾仅仅从大作里感受到了水火不容的敌意,并决定先下手为强,逻辑上也说得通。他当然可以推测,一旦秦王对您言听计从,留给他的人生选项,就只有在肢解、车裂或腰斩里任选其一了,连"毒药"的待遇都未必轮得上。人命关天,死生为大,他为此做出任何对您不利的事,都不足为怪。另外,留意您观点的读者也会发现,对您的不幸横死最有预见、最不会惊讶的,正是阁下。

  如此,就得面对您的奇异学说了。韩非先生,您的学说并不复杂。在大作中,您曾两次提及《诗》里的句子"普天之下,莫非王土;率土之滨,莫非王臣",依我愚见,您的态度是更进一层,主张一种"悠悠万姓,莫非王资"的帝王学。"王资"一词是您发明的吧?在《五蠹》中,您如此描述心目中的理想国:"故明主之国,无书简之文,以法为教;无先王之语,以吏为师;无私剑之捍,以斩首为勇。是境内之民,其言谈者必轨于法,动作者归之于功,为勇者尽之于军。是故无事则国富,有事则兵强,此之谓王资。"再结合您创造的"五蠹""八奸"论,您的观点实际上异常简单,就像后人曾毫不犹豫地假定"人人生而平等,是不言而喻的"那样,您也毫不含糊地假定:世界因为"人主"而存在，人主的统治欲望，既是世界的存在依据，也是人间的秩序法则。围绕这个前提，您把一切不利于人主统治的因素，无论是知识层面的思想学术，还是道德层面的忠贞廉耻，都视为多余。在您"誉辅其赏，毁随其罚，则贤不肖俱尽其力矣"的论述中，您极为麻利地把庶民百姓都视为帝王的私家资产和私人工具了。所谓"俱尽其力"，改成"俱尽其畜力"，无疑更贴合您的定位。除了让他们像骡马般为"人主"尽力外，您不认为这些"细民"还有任何属于个体的存在价值及人生意义。为了完成这个学说，最终您不得不把除人主之外的所有人（即"贤不肖"），贬低并得罪个精光。首当其冲的是被您界定为"以文犯法"的儒生及"谈言者"的纵横家，以下依次是"以武犯禁"的侠客、借依附贵族来逃避兵役的"患御者"及大量工商之民。在您视民众为"耕战"工具的既定认识里，这些人仅仅因为不能直接效命于"耕战"而被您定性为"邦之蠹"。您对人主的号召是：把他们都干掉吧。还包括"八奸"，"八奸"是您对"五蠹"的扩大化认识。伴随着这声号召，您也对仁义、智慧、贞信诸价值观下了驱逐令。

不必说，在您的观点里，"愚民术"位居冲要之地，虽然秦王实施"焚书坑儒"时您已不在人间，但这个举措分明是对贵学说的遵奉和贯彻，同样，后人虽然把"罢黜百家，独尊儒术"的首倡者归在汉儒董仲舒名下，但其操作思路源自阁下，并无疑义。区别仅在于，您欲尊崇者，并非"儒术"而已。

贵主张的荒谬性，窃以为一目了然，其操作可能性，亦仅维系一人之身——那个被您认定具有"逆鳞"的人。您的学说最大程度地激发了一位贪婪君主的潜能，借助这种潜能，您实际上仰仗了一种理论上趋于无限的恐怖力量。任何一个有资格以"朕"自称的家伙，都可能被您的说法引逗得蠢血沸腾、心花怒放，就像秦王乍睹大作时那样。他乐呵地发现，您让他用"一而固"的严酷法律对待他人时，附带的条件只有一个：让他本人成为例外。人主非但没有遵守法纪、自我约束的义务，相反，您怂恿他玩弄权术。

除却这个，使贵学说得以施展的另一个原因，则与阁下超凡的思辨力有关。不过在此之前，我且宕开一笔，说说您同样突出的治学态度。我百思不解的是，您的学说虽然具有违拗人性的特点，您对待学说的态度，却焕发着真理追求者的赤诚，仿佛您正在从事一项超功利的学术研究。您以"法术之士"自命，同时也看出了自己与"当涂之人"间"势不两立"的冲突，您认定自己操"五不胜之势"，为此还预言了日后"不戮于吏诛，必死于私剑"的命运（我再冒昧插一句，从秦王对您之死有所反悔这一点来看，您的生命终局，恐怕更适合理解成"吏诛"与"私剑"交加），然而，您仍然义无反顾地推销这套对您本人并无现实好处的学说，好像您是一位不计成败利钝的纯洁慕道士。谁知结合您的高见，您又偏偏对人间的种种功利算计了如指掌，同时又对这种在您身上展现得最为充分的学者品质持否定态度：依您的分类，这纯属"匹夫之美"，在"明主之国"里没有存在价值。换言之，若"以子之矛，攻子之盾"，您事实上在用一种自己曾断然否定其价值的学术态度，展示您的观点。这是您自相矛盾之处，矛盾的起因恐怕源于贵学说自身的破绽，为了弥补破绽，您必须全力以赴，尽展平生所学。

为了把您不近人情、"惨少恩"（司马迁语）的思想表达清楚，您调动了自己状若蛟龙出海的思辨天赋，我敢说，您的学说有多荒悖，您阐述学说的方式就有多熨贴人情。您一边向人主献上了一个貌似不食人间烟火的苛酷主张，一边又以一套遍历人间烟火的老辣语言，把它表述得无懈可击、娓娓动人——至少，听在人主耳朵里是这样。

结果，您甚至起到了相反的效果。按照您的学说走向，您必须视愚民术为既定方针，您是普天之下最不愿意承担"启蒙"之责的人，您是智慧之敌，但为了使自己的观点得到人主垂青，您在论证过程中又不得不借助强悍的说服力；您的阐述是如此出彩，以致最终竟违您所愿地起到了开启民智的功用。在汉语里，幸赖您的贡献，我们才知晓了何谓"矛盾"；通过对老子思想的分析，您又以近乎开天辟地的思维神力，让后人知晓"理"的存在："道理"二字，直可视为您的遗产；甚至，连"想象"这个寻常心理活动，都是您通过一则寓言，将其固化下来的。尽管您戮力于使人蒙昧，但倘若没有您贡献出的这些重量级思辨概念，后人只会更加蒙昧。这是我不得不怀着别扭心情，对您大表感谢的。

无论您的学说乍看之下何等不切实际，您表述思想的方式，却有着惊人的实用性，您找到了"人性恶"这把犀利的刀笔，借助对人性的丰富体察，您将一切人际关系置诸利害平台上细细掂量。您具有罕见的语言天分，您触手逢春、随机映发的寓言种种，大概唯庄子可比，您环环相扣、绵密如链的逻辑力量，在您所处的时代罕有其匹。您是类比大师，不仅精擅此道，还尤其擅长揭橥他人（如慎到）类比不当。您"无参验而必之者，愚也；弗能必而据之者，诬也"的卓见，具有空谷足音般的科学求真精神，尽管您的本意倒绝非求真。这也是我不会像个别懒惰学者那样从您的话语里挖掘所谓积极意义的原因,我知道,您所有那些看上去值得后人借鉴的观点,在您自身的思维谱牒里,都指向了相反一极。如果允许后人以一种彻底的"断章取义"来决定您某些观点的取舍,他们甚至可能组装出一个慈祥的虎面娃娃。比如,个别糊涂汉曾将您的"法不阿贵""刑过不避大臣,赏善不遗匹夫"的主张,从"法律面前人人平等"的角度大肆升华。其实,您的本意恰恰不在此,而是意在贬低一切。您刑名术里的阳光成分,只是体现在执法层面,而在更重要的立法层面,您让立法者——那个有"逆鳞"的人主——躲进阴暗的幕后。就此而言,无论您的观点里偶尔闪烁出怎样的现代光芒,您骨子里实在不是一个现代人。何况,您那"杂反之学不两立而治"的骇论,亦使您彻底丧失了对多元价值的认可。

我之不愿高估阁下,原因在此,虽然,您的"中道观"曾让我击节赞叹,并认定其中有着现代概率学的杰出认知,您对"前识"的阐述,也让我受益匪浅……

您具有超强的论证说理能力,但您的类比术里还是不无破绽,您对"参验"的强调,更像是一种见机行事,您无意也无力将其贯彻始终。在您的论证法术里,我分明看到一种"吾道二以贯之"的狡黠,您的方法终究难脱"到什么山唱什么歌"的权宜机变。即以阁下令人叫绝的寓言"守株待兔"为例,发明这则寓言固然体现了您的天才,但在"守株"的适用范围上,您还是犯了最低级的逻辑错误,当您仅仅因为那个宋人耕田者的蠢行就得出"今欲以先王之政,治当世之民,皆守株之类也"的结论时,您把概念偷换了个底儿掉,您用特称前提来支撑全称结论,不值智者一哂。您的精妙类比里总是夹杂着率性比附,您不仅漠视现象上的个别与普遍,还把现象上的偶合与规律上的一致搅成一锅粥。

我必须在此提及另一个妨碍贵学说持续生效的原因:秦国的迅速强大固然与您密不可分,但秦朝二世而亡的命运,您也难辞其咎。正是后者,导致后之"人主"对您的学说充满狐疑,他们再不敢像秦王那样,无所顾忌地加以吸纳。这对您的学说固然是一种不幸,对被您剥夺了生命意义的悠悠万姓,则不失为一个福音。当然,您终究是不凡的,在您辞世两千多年后的中国,"知识越多越反动"的说法亦曾数度甚嚣尘上,您对此一定大感欣慰。的确,这是您的骄傲,正如它是吾族吾民的耻辱。

我之前向您提及一个名字:苏格拉底。我以为,论思辨资质,您未必在他之下。您能把一个荒谬绝伦的思想阐述得令秦王大喜过望,且使其影响历两千年而不歇,倘若您志在启智化愚,功德定将不可限量。反观那位苏格拉底,老实说很多地方不如您,他虽然没有口吃,但相貌丑陋,家里还有个远近闻名的悍妇,生计亦不宽裕,死时还欠别人一只鸡,与您的韩国公子身分,相去甚远。他与您的根本不同处在于,您对君主有多忠诚,他对真理就有多虔诚;您对权谋有多热衷,他对正义就有多向往;您对愚民术有多狂热,他对智慧就有多爱戴。目标上的南辕北辙,导致您和他的成就最终判若两橛,不可以道里计,这是我为您最感惋惜的。您思维敏捷而灵魂黯淡,谁说"百无一用是书生"?您就是一位书生,您只是一位书生,君主只能用一杯毒药夺去您的肉身,您却能向他的大脑反施蛊毒,攫获其灵魂,并使自己的思想长盛而不衰。世人惯道"百代皆袭秦制",秦制者何?韩非之"法、术、势"耳。与您相比,孔子常常更像一副泥胎木偶,聊供装点。呜呼,天何言哉!

　　书不尽意,意不称书。言贵求真,意贵合道。唐突之处,敬祈包涵。即祝

　　冥安!

周泽雄

致靖节先生

周实

陶渊明（约365—427年）

东晋末期南朝宋初诗人、文学家、辞赋家、散文家。

字元亮，号五柳先生，世称靖节先生，入刘宋后改名潜。浔阳柴桑（今江西九江）人，出身于破落仕宦家庭。陶渊明的诗感情真挚，朴素自然，有时流露出逃避现实、乐天知命的老庄思想，因此，陶渊明有"田园诗人"之称，也是田园诗派的鼻祖。他的诗从内容上可分为饮酒诗、咏怀诗和田园诗三大类。陶渊明传世作品共有诗125首，文12篇，后人编为《陶渊明集》。

周实：作家、文学评论家。曾参与创办长沙人民广播电台，主持创办《书屋》杂志并任主编。著有《爱的冰点》《刘伯温》《李白》《劳改队轶事》《刀俎》《齐人物论》（合作）等。

靖节您好：

　　何德何能，劳烦你至梦中慰问。

　　醒后，再读您的诗文，更是深切地体会了南宋词人辛弃疾为何那般强烈地感受着你有力的生命："须信此翁未死，到如今，凛然生气。"

　　您真的是绵远，悠长，转山，绕水，浩浩泱泱。

　　辛弃疾一生留有词作六百二十六首，其中与你相关的，数数也有六十首，可以说是每十首中，就有一首与你有关。看他这首《念奴娇》，又怎样地评价你："须信采菊东篱，高情千载，只有陶彭泽。"这是千古一人的评价。你担得起这个评价。

　　你的这个"靖节"的谥号是你好友颜延之在诔文中为你取的，你在地下若有知，想必早就知道了。可惜的是颜延之兄在他这篇诔文之中主要褒扬的是你的气节，对你所留下的诗文却未进行充分肯定。

　　最初惊喜地看见、肯定你的诗文的，是一百多年之后南朝的昭明太子萧统。他不但亲自为你编集，为你作序，还为你写了一篇传。他在序中这样夸你："其文章不群，辞采精拔，跌宕昭彰，独超众类，抑扬爽朗，莫如之京。"

　　"独超众类""莫如之京"，在他眼里，你是伟大的。人生难得一知己，你是否也这样感叹？他为你编的《陶渊明集》是第一部

《陶渊明集》
陶渊明 著
中华书局
1979 年 5 月出版

《陶渊明集》版本众多，中华书局这个版本由逯钦立校注，收录了陶渊明脍炙人口的释赋与诗文，其中最重要的是田园诗和咏怀诗等。

中国文人所拥有的个人专集。他虽然是一个太子，生在皇家，却更是一个文人，他是为文而生的。

2011 年 12 月 5 日晚

靖节先生：

好。昨晚太晚了，今晚再继续。

在写你的文字中，人多写到这一段，说你担任彭泽县令，到任八十多天时，浔阳郡遣督邮至，属吏说："当束带迎之。"你叹道："我岂能为五斗米而折腰向乡里小儿。"遂解印去职，赋《归去来兮辞》。

你的这种清风傲骨，你的这番言行举止，成了后世很多文人坚守自我的独立精神。

与你最像的就是李白了："安能摧眉折腰事权贵，使我不得开心颜！"你看，多像，语言都像。

还有孟浩然："赏读《高士传》，最佳陶征君，目耽田园趣，自谓羲皇人。"

还有杜甫："宽心应是酒，遣兴莫过诗。此意陶潜解，吾生后明初画家王仲玉画陶渊明像及隶书《归去来辞》,现藏于北京故宫博物院。

汝期。"

还有高适："拜迎官长心欲碎，鞭挞黎庶令人悲……梦想旧山安在哉……转忆陶潜归去来。"

还有白居易："先生去我久，纸墨有遗文。篇篇劝我饮，此外无所云。我从老大来，窃慕其为人。其他不可及，且效醉昏昏。"

还有欧阳修："晋无文章，惟陶渊明《归去来兮辞》。"

还有王安石："渊明趋向不群，词彩精拔，晋宋之间，一个而已。"

还有苏东坡："吾与诗人无所甚好，独好渊明之诗。渊明作诗不多，然其诗质而实绮，癯而实腴，自曹、刘、鲍、谢、李、杜诸人，皆莫过也。"苏东坡还这样赞你："欲仕则仕，不以求之为嫌。欲隐则隐，不以去之为高。饥则叩门而乞食，饱则鸡黍以迎客。古今贤之，贵其真也。"人贵真，诗亦贵真，诗真乃由人真而来。他说你的这八个字"质而实绮，癯而实腴"，也是说得极为准确。只是他把你的诗放在李白、杜甫之上，我就觉得有点过了。文学的山峰是一座座的，并非谁在谁之上的。文无第一，武无第二，就是这个意思吧。

2011 年 12 月 6 日晚

靖节先生：

还是继续昨天的话题。

昨天说到你的影响，也有些人说你不好，说你深受老庄的影响，颓废、虚无、自由散漫，对后世的影响消极。关于这一点，你也有知己，比如梁启超先生。看看他是如何说的："当时士大夫浮华奔竞，廉耻扫地，是渊明最痛心的事。他纵然没有力量移风易俗，起码也不肯同流合污，把自己的人格丧失掉。这是渊明弃官最主要的动机，从他的诗文中到处都看得出来。若说他所争在什么姓司马的姓刘的，未免把他小看了。"又说："乙巳年之弃官归田，确是渊明全生涯中之一个大转折。从前他的生活还在飘摇不定之中，到这会才算定了，但这个'定'字，实属不易，他是经过一番精神生活的大奋斗才换来的……何以见得他的生活是从奋斗中得来的呢？因为他物质上的境遇，真是难堪到十二分，他却能始终抵抗，没有一毫退屈。"

"精神生活的大奋斗"，这话说得真的好，不是知己，怎说得出？

他仿佛就看到了你在仕与隐之间，如何纠结，如何徘徊，如何噩梦初醒般地一声惊呼："归去来兮，田园将芜，胡不归！既自以心为形役，奚惆怅而独悲？悟已往之不谏，知来者之可追。实迷途其未远，觉今是而昨非。"

"田园将芜"，朝政不修，仕途何求？"心为行役"，行尸走肉，出仕何用？"今是昨非"，改弦易辙，做自己所喜欢的事，做自己所能做的事，怎是消极和颓废？实事求是，何其之难，由此可见一斑了。

2011 年 12 月 7 日晚

靖节先生：

提及"精神生活"四字，自然想起你的诗文，想起你的《归田园居》：

少无适俗韵，性本爱丘山。
误落尘网中，一去三十年。
羁鸟恋旧林，池鱼思故渊。
开荒南野际，守拙归园田。
方宅十余亩，草屋八九间。
榆柳荫后檐，桃李罗堂前。
暧暧远人村，依依墟里烟。
狗吠深巷中，鸡鸣桑树颠。
户庭无尘杂，虚室有余闲。
久在樊笼里，复得返自然。

每次，读你这首诗，我就仿佛听见你说：从年轻的时候起，我就无法与混浊的世俗和谐相处，融洽协调。我天生喜爱山野，误落红尘之网，转眼就是三十年了。流浪的鸟眷念原来栖息的树林，池中游水的鱼想念过去居住的深渊。我也无法忘怀故乡，打算到荒芜的南部耕作，顺应自己本来的天性，归守那片自己的田园。那里，宅地有十余亩，草屋也有八九间，檐旁植有榆有柳，前院种桃种李。远方的村落朦朦胧胧，笼罩在苍茫的暮色之中。家家户户，炊烟袅袅，左飘右绕，随着晚风。幽静偏僻的小巷里不时有狗汪汪叫，枝繁叶茂的桑树上也有鸡在喔喔啼。我家的前庭干干净净，还有几间空着的房间。长久以来的这个我，一直生活在笼子里，现在总算返回到我喜爱的自然了。

这是你的夫子自道。

了解了你的精神生活，也就知道你写的桃花源在何处了，它

《陶渊明携酒图》傅抱石名作

就在你心灵深处。

2011 年 12 月 8 日晚

靖节先生：

你的诗，还有这一首，也是我极喜欢的：

> 结庐在人境，而无车马喧。
> 问君何能尔，心远地自偏。
> 采菊东篱下，悠然见南山。
> 山气日夕佳，飞鸟相与还。
> 此中有真意，欲辨已忘言。

尤其是"心远地自偏"，真是充分地写出了精神与现实的某种关系、心灵与社会的某种关系、文学与政治的某种关系。

为何说"某种"？因为我也和你一样"此中有真意，欲辨已忘言"。

当然，也有能辨的，比如朱光潜先生，在他所著的《诗论》中，就曾写有一段文字涉及你的这种"心远"："他和我们一般人一样，有许多矛盾和冲突；和一切伟大诗人一样，他终于达到调和静穆。我们读他的诗，都欣赏他的'冲澹'，不知道这'冲澹'是从几许辛酸苦闷得来的。他的身世如我们在上文所述的，算是饱经忧患，并不像李公麟诸人所画的葛巾道袍，坐在一棵松树下，对着无弦琴那样悠闲自得的情境。我们须记起他的极端的贫穷，穷到'夏日长抱饥，寒夜无被眠。造夕思鸡鸣，及晨愿乌迁'。他虽不怨天，却坦白地说'离忧凄目前'；自己不必说，叫儿子们'幼而饥寒'，他尤觉'抱兹苦心，良独内愧'。他被逼得要自己种田，自道苦衷说：'田家岂不苦？弗获辞此难！'他被逼得去乞食，一杯之惠叫他图'冥报'。穷还不算，他一生很少不在病中，他的诗集满纸都是忧生之嗟。《形影神》那三首诗就是在思量生死问题：'一世异朝世，此语良不虚'，'未知从今去，当复如此不'？'求我胜年欢，一毫无复意'，'民生鲜长在，矧伊愁苦缠'，'从古皆有没，念之中心焦'，以及许多其他类似的诗句都可以见出迟暮之感与生死之虑无日不在渊明心中盘旋。尤其是刚到中年，不但父母都死了，元配夫人也死了，不能不叫他'既伤逝者，行自念也'。这世间人有谁能给他安慰呢？他对于子弟，本来'既见其生，实欲其可'，而事实上'虽有五男儿，总不爱纸笔'，使他嗟叹'天运'。至于学士大夫中的朋友，我们前面已说过，大半和他'语默殊势'，令他起'息交绝游'的念头。连比较知己的像周续之、颜延之一班人也都转到刘宋去忙官，他送行说：'语默自殊势，亦知当乖分'，'路若经商山，为我稍踌躇'。这语音中有多少寂寞之感！"

2011 年 12 月 9 日晚

靖节先生：

关于"心远"，其实我也能言一言，我也非常想与你言。至于言得好不好，那是另外一回事，那是我的水平问题，不好就算供你一笑。比如文学与政治，我就想起有一次，我和某人的一段对话：

他问：你老婆怎么看你所写的这些东西？

我说：一般来说，她不看；即使看了，也不说，也不问。

他问：为什么？

我说：她不看，她不说，她不问，就是对我写作的最大关心和爱护了。

他问：为什么？

我说：她不看，她不说，她不问，我在写作时也就不用去担心她的所思所想，不用去看她的态度，不用去瞧她的脸色，这样我在写作时也就能够少些顾忌，就能放心大胆地抒发自己的奇思异想，写出那些在生活中难与人言的隐秘的东西，写出那些在交流中无法言说的神秘的东西。

他说：很奇怪，她是怎么做到的？能够不看、不说、不问。

我说：这有什么奇怪的呢？因为她爱我，关心我，鼓励我，让我能够有时间、有空间、有可能尽情地亲近我的写作，让我在文学的时空里能够尽量地表现自己。

他说：她真好。

我说：那当然。

他说：那你为什么就不能因为她的这个好，写点迎合她的东西？

我说：不是不能写，而是因为文艺女神不喜欢任何迎合的东西。她所喜欢的是奇思异想，是新颖的表达形式，是个人所独有的东西。如果不这样，她就会离你而去了。你所写的任何东西就与她没关系了。

文学与政治，好像也这样。

文学"心远地自偏"，不以什么为中心。

文学出自于自然的心。

这"心"虽然偏远于"地"，却未必就脱离了"地"。

《叶嘉莹说陶渊明饮酒及拟古诗》
叶嘉莹著
中华书局
2007年3月出版

解注陶渊明诗的研究著作很多,主要有叶嘉莹、袁行霈、王叔岷等人。叶先生这本专著主要解说陶渊明的饮酒诗和拟古诗,叶先生对陶诗深有研究,对我们理解陶诗很有助益。

文学若不"关心"政治,政治并无什么损失,至少没有大的损失。政治若是"关心"文学,文学就难以适从了,想适从也难得适从,要适从也适从不好。它们之间的这种关系就像你在诗中写的"落地为兄弟,何必骨肉亲"。文学不能脱离政治,但也不能迎合政治、从属政治、服务政治,变成政治的附庸,变成政治的仆人。

2011年12月10日晚

靖节先生:

又打扰。前信所以写那些,主要是因为有些人说你写的诗与文没有关心当时的政治,没有关心国家大事,或者说是不太关心,即使关心也不太够。好像你一关心政治,当时的政治就好了。似乎你一关心国事,国家的情况也好了。你就真的没关心吗?白纸黑字摆在那里,他们怎么就看不到?比如你的那篇《述酒》,鲁迅先生就这样说:"陶集里有《述酒》一篇,是说当时政治的……由此可知陶潜总不能超然于尘世,而且对朝政还是留心的。"又说,"就是诗,除论客所佩服的'悠然见南山'之外,也还有'精卫衔微木,将以填沧海。刑天舞干戚,猛志固常在'之类的'金刚怒目'式。

在证明着他并非整天整夜的飘飘然。"说罢，他还再三强调："这'猛志固常在'的和'悠然见南山'的是一个人，倘有取舍，即非全人，再加抑扬，更离真实。"是呀，谁不关心政治？无论什么样的政治都关系到各人的利益，只是各人的关心形式会因各人的气质而异，亦因各人的情况不同。比如朱熹说你的平淡："陶渊明诗，人皆说是平淡，据某看，他自豪放，但豪放得来不觉耳。其露出本相者，是《咏荆轲》一篇。平淡底人，如何说得这样言语出来？"你歌颂行刺强暴的秦王的侠义人物荆轲，歌颂有坚强的斗争精神的夸父、精卫、刑天，倾向何在，岂不是很明显吗？因此，鲁迅特别指出："陶潜正因为并非浑身是'静穆'，所以他伟大。"我也觉得你很伟大。你那一篇《桃花源记》就成就了你的伟大。而你作为一介书生，一个又穷又病的书生，我还常想你的"金刚"、你的"怒目"是出自于你的孤独，是出自于你的无奈——不但进不足以谋国，而且退也难以谋生，于是就只剩下饮酒，剩下吟诗，剩下你的不合作，剩下在那诗酒之中，思接千载，时见遗烈，昂扬奋起，然后，感到吾道不孤。

2011 年 12 月 11 日晚

靖节先生：

一口气，给你写了七封信，这一封是第八封，真的是很打扰你了，就到这封打止吧。

这一封写什么呢？我想给你写个小传。你已有了很多传了，我也呈上我的一个，以表我对你的敬意。

小传如下，敬请笑纳：

陶渊明，名潜，又字符亮（365—427年），号五柳先生，世称靖节先生，浔阳（今江西九江）人，大司马（掌军政）陶侃的曾孙。渊明少怀高尚，博学善文，洒脱不羁，任性自得，曾作《五柳先生传》及《归去来兮辞》，自述其心。因亲老家贫，出任州之祭酒（掌教育和考试），不能忍受小吏束缚，辞职归家。州刺史（地方军政首长）召他为主簿（负责处理文书杂事），不就，后因耕田累出病来，乃出任镇军参军（军事幕僚），转任彭泽（今属江西）令（大县设令，小县设长）。郡太守遣督邮（掌监察弹劾）至县，部属提醒，应束带相见，叹曰："吾不能为五斗米折腰，拳拳事乡里小人也。"又辞职。朝廷征召他为著作郎（撰文书国史），亦不就。惟遇酒则饮，饮之则咏，即使无酒，也雅吟不辍。他不懂音乐，却备琴一张，琴上无弦。与友饮酒，抚琴相和，并曰："但识琴中趣，何劳弦上声。"他一生都沉浸于诗文，其《桃花源记》，神思妙绝，乱世心境之极品，真乃"不足为外人道也"！他的诗更穷而后工，个性分明，情感真实，人品高杰，恐怕只有一个屈原可以和他相比了。我最喜爱他的《饮酒》："结庐在人境，而无车马喧。问君何能尔，心远地自偏。采菊东篱下，悠然见南山。山气日夕佳，飞鸟相与还。此中有真意，欲辨已忘言。"苏轼说他："欲仕则仕，不以求之为嫌。欲隐则隐，不以去之为高。饥则叩门而乞食，饱则鸡黍以迎客。古今贤之，贵其真也。"此话说得极为恰当。朱子评论晋宋人物以及陶渊明的语录在此更是值得一引："晋宋间人物，虽曰尚清高，然个个要官职，这边一面清谈，那边一面招权纳货。渊明却真个能不要，此其所以高于晋宋人也。"何止高于晋宋人物？读渊明，我的感受真的是如他诗中说的这样："望云惭高鸟，临水愧游鱼。"

此传不符事实之处，你我可在梦中校定。

《陶渊明研究》

袁行霈著

北京大学出版社

1997年7月出版

袁行霈先生是陶渊明研究专家。笺注有《陶渊明集》。这本研究著作深入涉及陶渊明的诗歌和人生，是走入陶诗大门的必备参考书。

  我俩毕竟相隔太远，相距一千五百多年，即便就是铁打的事实，也可能被岁月的风沙、吞没、掩埋、扭曲、变形。

  比如你去世的年龄，旧传说你六十三岁，有人考证五十一岁，有人考证五十二岁，有人考证五十六岁，我所依的仍是旧传，想你活了六十三岁。

  另外，以后若有机会，我还想就你那一篇涉及男女情爱的文字，也就是你的《闲情赋》，交流一下所读心得。对于此赋，有人贬之，讥它是你留下的败笔，"轻薄淫亵，最误子弟"。我却认为它的坦白，它的对于情爱的歌颂，除了民间文学之外，在文人的笔墨之中，可算得是鹤立鸡群。

2011年12月12日晚

致杜甫前辈

王学泰

杜甫（712年2月12日—770年）

唐代现实主义诗人。

字子美，自号少陵野老，祖籍襄州襄阳（今湖北襄阳），生于巩县（今河南巩义）。杜甫被尊称为"诗圣"，其诗被称为"诗史"。他有约一千五百首诗歌留传下来，是中国古典诗歌的一座高峰。他的诗词以古体、律诗见长，"沉郁顿挫"四字可准确概括出他的作品风格，而以沉郁为主。杜甫生活在唐朝由盛转衰的历史时期，其诗多涉笔社会动荡、政治黑暗、人民疾苦，反映当时社会矛盾，记录了唐代的历史巨变，表达了崇高的儒家仁爱精神和强烈的忧患意识。有《杜工部集》传世。

王学泰：学者，退休前为中国社会科学院文学所研究员，中国社会科学院研究生院教授。主要学术专长是文学史与文化史。1942年12月生于北京。1964年7月毕业于北京师范学院中文系。著有《中国人的幽默》《中国人的饮食世界》《游民文化与中国社会》《水浒与江湖》《发现另一个中国》等。

《文史参考》的编辑先生约我一篇稿子，名曰"给古人的一封信"。初一看题，本想拒绝。这种类似于20世纪30年代《论语》《文饭小品》等刊物热衷的题目，并非我所擅长。这类题目的文章意在追求趣味，弄不好就会搞成"取经路上猪八戒给高老庄前妻的信"和《林黛玉日记》一类的东西，为识者所讥笑。然而转念一想《文史参考》并非是娱乐或时尚刊物，其办刊宗旨也是严肃的，大约也不能容忍信口开河、轻薄油滑的文字；这类题目为什么不能写成形式活泼、立意正经的文章呢？前两年刘军宁先生发表的《文明复兴，老子与孔子的天堂茶话》开篇就是，"一日，天堂春日午后，湖边茶馆，老子、孔子相约前来茶叙，同时享受和暖的阳光。"这是借有趣的文字来谈严肃问题的一例。

谈话、对话与信函往来是现今很时兴的一种表达方式，它生动活泼，有阐述、叙述，也有不同观点的交流与交锋，为受众所喜闻乐见，因此也为许多媒体所采用。不仅电视、广播、网络这些有声像媒体在搞，就是平面媒体，如报刊等也喜欢发表采访、对话、对谈等文字，这类文字轻松好读，趣味盎然。今人的对话受人欢迎，那么，古人之间、古今人之间可不可以对话、对谈交流？刘军宁写了古人间的对谈，《文史参考》想到了古今人的

《杜甫传》

冯至著

百花文艺出版社

2004年1月出版

诗人冯至的这本传记,是公认最严谨的好版本。据说当年在《新观察》连载时,毛泽东期期看。

交流,于是就有了给古人写信的设想,建立古今人交流的平台。应该说这个创意不错。

读古籍,每当深入时如聆古人謦欬;遇到疑难也恨不能起古人于九泉而当面请教;当读到有得之处也想求证于古人,与他们共同探讨。孟子指出,与活着的"天下之善士"交朋友、向他们请教还是远远不够的,还应该"尚友"古人,与古圣先贤交朋友,时时向他们请益。想到这些,使我对这个题目有兴趣起来。再有一个多月(按阴历计算是2012年1月23日)就将迎来伟大诗人杜甫诞生一千三百周年,读了一辈子杜诗,应该给他老人家写封信,以表达感念之情。

少陵您好:

作为您的忠实读者给您写信,不免心怀惴惴,因为对于您,我是既熟悉又陌生的。说熟悉,我自十三四岁就读您的作品,先是读选本,后来又读了全集。身处逆境之时,一卷杜诗就是我的精神慰藉;老了,似乎无所事事了,杜诗中的名篇名句仍旧不断

成都杜甫草堂的杜甫塑像

地蹿上心头，随之不知不觉地哼了出来。由于我的缘故，"杜甫"（当今人们只把名字看做符号，不像古人那样重视名讳；现在称古圣先贤都是指名道姓，还请您原谅）这个名字被我周围的人所熟知。说陌生，我们相距不仅时间遥远（用"代际"计算的话我们相隔四五十代），更大的是身份、经历上的差异。我很难体会的是您由于世代"奉儒守官"具有的责任感和无条件的"每饭不忘君"的忠君情结。

再有一个多月您就来到这个世界一千三百年了，过去说这是文曲星降落凡尘。历代人们爱戴您、尊敬您，中华人民共和国建立后的六十二年中也不例外。我可以说就是这个时期的见证人，这封信具体地来向您介绍一下。

从 1949 年到 1966 年这十七年中，中国按照世界和平理事会的章程年年纪念世界文化名人。这期间，中国只有五位入选（李时珍、屈原、关汉卿、杜甫、齐白石），您于 1962 年入选。

用现代的话说，1962 年是"杜甫年"。这一年中介绍杜甫、宣传杜诗，加速了杜诗的传播，您也受到各国人民的礼敬。当时我正在读大学，感受到了国内文化界对于杜甫、杜诗的热情。许多杜诗研究者、爱好者发表了百篇以上文章，从各个角度阐释和理解杜诗，总结您的创作经验。其高峰是当年 4 月 17 日在北京召开的隆重的纪念大会，这是向世界宣告杜甫对于中国文化的重要。大会上写作《杜甫传》的诗人冯至先生发表了《人间要好诗——纪念伟大诗人杜甫》专题报告，全面分析杜诗的价值。更有趣的是当时的文联主席郭沫若先生所致的"开幕词"，其题为"诗歌史中的双子星座"。

我想您一定非常欣赏他的提法，郭先生把您与李白相提并论。

1959年蒋兆和所画杜甫像，这是蒋兆和除《流民图》以外的另一重要代表作。现藏于国家博物馆。

他说：

我们今天在纪念杜甫，但我们相信，一提到杜甫谁也会联想到李白。李白和杜甫是像兄弟一样的好朋友。他们在中国文学史上的地位就跟天上的双子星座一样，永远并列着发出不灭的光辉。李白比杜甫大十一岁，他主要代表了开元时代，但他对于所谓开元盛世并不是盲目陶醉的。他早就预感到在那虚假的升平景象之下会发生急变，而且想亲身干预这种急变。在安史之乱以后，他虽然还生活了七年，但他是生活在比较安定的东南地区，他对于流离战乱的情境没有亲身的经历，故把诗歌赛跑中的接力棒移交给杜甫了。他们两位都称职地完成了他们的时代使命，这是毫无疑问的。

一千多年来，虽然都是"李杜"并论，但像郭先生这种"双子星座"的洋比喻还是第一次。洋人经常用它来比喻双胞胎，郭老这样一用，人们不仅感到新鲜，而且更深刻揭示了李白、杜甫是一时瑜亮，是密不可分，而且是缺一不可的。

这次纪念中还有一个可能您很难弄明白的活动，就是国家邮电部于5月25日发行了一套纪念邮票，共两枚。两枚邮票上各有您的"画像"——也就是您的《丹青引》中"必逢佳士亦写真"的"写真"。不过曹霸将军"写真"是画的，而邮票上"写真"是印的（其根据是名画家蒋兆和先生为您画的像）。画只是一张，而邮票一"印"就是千百万张。邮票能为更多的人收藏，传诸永世。这两枚邮票画像两侧各有一对联一副。一副是郭沫若先生撰写的"世上疮痍，诗中圣哲。民间疾苦，笔底波澜"；另外一副是朱德委员长的"草堂留后世，诗圣著千秋"。这两联都是50年代他们分别题写在成都"杜甫草堂"的。顺便告诉您，当年浣花溪上简陋的草堂，

1962年中国人民邮政发行的杜甫诞生一千二百五十周年纪念邮票。

早在六十年前就建设成为纪念杜甫和研究杜诗的圣地，并成为成都最重要的名胜古迹之一，被列为第一批国家重点文物保护单位，世世代代、子子孙孙永远宝之。草堂建筑的豪华和园林的美丽如果您能见到也会瞠目结舌的，它绝不亚于当年您所见到的长安曲江的皇家园林。

新、旧《唐书》都曾为您立传，元稹应您的孙辈杜嗣业之请为您撰写了"墓志铭"，元代辛文房的《唐才子传》也有您的传记，明代的戏曲家王九思还写过杂剧《杜甫游春》，把您在长安的一段生活搬上舞台。这些都为后代了解您作出了贡献。而1962年纪念中，第一次用声像方式向亿万人民介绍了您的生平，吟诵了您的代表作品，也就是说拍摄电影纪录片《诗人杜甫》。这让许多不识字、不懂诗的人对杜甫、杜诗有了些许认识。1962年是杜甫的普及年。

开国之初一段时间对您和您作品的认识，可以用二十个字概括："朱门酒肉臭，路有冻死骨。荣枯咫尺异，惆怅难再述。"实际上这不仅仅是以偏概全对具有丰富内涵的杜诗简单化了，而且有着明显的政治倾向。因为那时我们普遍认为，过去的人类的文明史是充满了不公正和罪恶的，其标尺就是贫富贵贱的巨大差异。"朱门酒肉臭，路有冻死骨"十个字正是以其高度概括性成为杜诗价值的最高标志。1962年正是"困难时期"最后一年,那时正是百物(特别是食品)奇缺之际,我们唯一自豪的就是社会确实没有巨大的贫富差距了。"朱门"与"柴门"贫富对立没有了,真正实现了"无富",不仅是"无富",甚至是亿万人民的共同贫困,大家都穷。您曾有诗云"无贵贱不悲,无富贫亦足"(《写怀》),可是真正要到了都穷、绝大多数人常常为吃得饱一点而发愁的时代,此时的人们会"贫亦足"吗?您虽然经历过贫穷,但没有经历过普遍的贫穷,上述情况您很难体会到的,只有经过那个时代的人们才会感受到"都穷"的含义。后来中国为什么搞改革开放?就是因为人们对普遍贫困感受太深了,大家不再安于"贫"。

三十多年前,我们摆脱了"安贫乐道"的错误,中国发展繁荣了。无数的物品仿佛从地里冒出来一样,现在中国人面临的不是商品短缺,而担忧的是库存太多,考虑的是如何把物品卖出去、消费掉。城市、乡村到处都是新房子,道路交通,四通八达。许多您都没听说过、比您所能想象的快得多的交通工具在神州大地上驰骋,在高空中遨游。

您一辈子不能忘怀开元盛世:

忆昔开元全盛日,小邑犹藏万家室。稻米流脂粟米白,公私仓廪俱丰实。九州道路无豺虎,远行不劳吉日出。齐纨鲁缟车班班,男耕女桑不相失……

大约您认为这是百年不遇、千载难逢的好时代,不仅人们有吃有喝,各安其位,就是夜里出门、离家远行也都是安全的。但这一切在现今都算不了什么。从长安到您知道的最遥远的炎方热地的广州,半天就可以打个来回,飞机一天能围着九州绕一圈。那么是不是现在就到了您和许多儒家先辈所设想的大同社会了呢?

《杜甫写诗图》姚有多 绘

我想，这也不是。现在是物品大大丰富了，但贫富差距又如影随形，不期而至，弄得现代人很困惑。有的人发牢骚说还不如不改革，我想，说这种话的，不是别有用心，就是过激时的气话。在物质丰富中生活了一二十年的人们很难想象他们还能接受四五十年前的普遍的物品短缺的环境。不过这种现实促使我们思考，是不是中国人只能在"无富""都穷"与贫富悬殊中来回震荡？我们能不能向"均富"迈进？

建国六十多年来，您也有走背字儿的时候。被广泛认定为"浩劫"的"文化大革命"中，不仅现实中的知识人倒霉了，而且殃及古人。几乎所有的古文化都是"四旧"，都在"横扫"之列。"文革"开始不久批判所谓的"黑电影"，此时《诗人杜甫》就被拎出来。它被定为"借古讽今，咒骂社会主义，污蔑三面红旗，并居然用毛主席参观杜甫草堂来污蔑我们伟大的领袖毛主席"。这一系列的罪名让您老来看是永远弄不懂的糊涂账。

真是"君子德风，小人德草"，这股"否定一切"的邪风，被许多人认作是"好风"，"好风频借力，送我上青云"，于是跟随者众。连对您深致赞美的郭沫若先生也于1971年撰写了《李白与杜甫》。从前，郭先生提出"双子星座"，对李杜不加轩轾，他认为扬此抑彼的历史公案是无聊的，因为李杜"两位都称职地完成了他们的时代使命，是毫无疑问的"。而这次的郭老背叛了原有的正确意见，极其明显地用两把尺子衡量古人，对李白是扬之于九天之上；对杜甫则是抑之于九泉之下。从章节的设置上就可以看出对李白的态度：如"李白出生于碎叶"（当时中国与苏联有边界之争，于是李白生于当时苏联境内是有功的）"李白在政治活动中大失败""李白在长流夜郎前后""李白的道教迷信及其觉醒"，这些都隐含着同情、赞扬等；而杜甫则是"杜甫的阶级意识""杜甫的门阀观念""杜甫的功名欲望""杜甫的地主生活""杜甫的宗教信仰"（当时认为宗教信仰就是迷信）"杜甫的嗜酒终身"，这在当年的语境下是一条好的也没有。

再举个有趣的例子。比如同样是喝酒，您看看郭沫若如何形容李白的饮酒之洒脱：

他这时得到"千斛酒"的力量，好像得到了百万雄兵，顷刻之间，战胜了一切的神仙妖异、帝王将相。然而，只是暂时的。等他的酒一醒，他又成为一个极其庸俗的人，为"万古愁""万古愤""万古恨"所重重束缚着，丝毫也动颤不得……读李白的诗使人感觉着：当他醉了的时候，是他最清醒的时候；当他没有醉的时候，是他最糊涂的时候。因此，他自己也"但愿长醉不愿醒"（《将进酒》），甚至夸张"百年三万六千日，一日须倾三百杯"（《襄阳歌》）。

这简直是浓墨重彩讴歌李白喝酒的伟大，而可怜"嗜酒终身"的杜甫。为了喝酒"每天都要质当衣服来喝酒，而且要喝到'尽醉'。没有衣服进当时，便赊债，而且处处都有'酒债'"；而且"为了要'纵饮'，便不惜抛开职务——'懒朝'。虚应故事，上朝应卯，有什么用"？甚至到了"要酒不要命了"的地步，最后死于"牛肉白酒"。这是什么形象？不用我多言。也许您根本不在乎这些，晚年您为自己的画像就是"贫病老丑"，您还有诗云"丈夫垂名动万年，记忆细故非高贤"。但从当时环境来看作为有身份、有学问、有修养的郭先生不应该公开发表这些言论，作为知识分子应该有所担当。当年李白从永王，后永王叛乱被平息，朝内外都攻击李白，而您却写出了"世人皆欲杀，吾意独怜才"。

在"大革文化之命"之时，出版基本停止了，除了流行的政

《李白与杜甫》
郭沫若 著
人民文学出版社
1971 年 11 月出版

这是郭沫若的封笔之作,是他两个儿子郭民英、郭世英自杀后的寄情之作。在郭沫若的眼中,李白非仙,杜甫非圣。这本书中,隐含着同为诗人的郭沫若的痛苦与反思。

治书籍外,基本上不出版书了,只有极个别特权人物出了两三种非流行政治类的书籍,郭先生的《李白与杜甫》就是其一。"人生识字忧患始",人认识点字就带来许多麻烦,除了吃饭外还想读点书。于是书店仅有的《李白与杜甫》就发行了数十万册之多。那时知识分子不是被监督劳动,就是在"五七干校"中改造。我见到许多地方是人手一册,成了人们仅有的读物。可是读了之后,就我所见到的是以批评者为多。

为什么人们如此苛待这本仅有的读物呢?其关键在于它不公正。这主要表现在两点上,其一是上面说的"两把尺子"上。春兰秋菊,各有所好,虽是人情之常,平常时节可以,但在只有你有权力品评百花之时,就应该慎重持衡,秉以公心,不应该以个人好恶说话,更不该趋时跟风。其二是这本书中指名道姓批评了许多杜甫的研究者,如冯至、傅庚生、萧涤非等先生。这种类似指责的批判,如在平时可以辩论,可当时这些先生都被剥夺了话语权,不能奋起答辩,只能默默忍受,任凭郭先生一人唱独角戏。这就使得旁观者为之不平,所谓公道自在人心者也。

不过这些都成了过眼烟云,邪风过后,大多恢复正常。经历了"文革"动乱的人们,对您诗中描写的内容再也不陌生了。正像北宋末年宰相李纲所说，杜诗"平时读之，未见其工；迨亲更兵火、丧乱之后，诵其诗如出乎其时，犁然有当于人心，然后知其语之妙也"。现在写旧体诗的人多了起来，大多声言学杜。像李白那种天马行空的诗风是可以欣赏品味而难于取法。天分不足，勉强效颦，大多是画虎不成反类犬，如李赤之类；但学杜，即使没有杜甫的才情学力，学个两三年也可以写出七言八句大体合格的律体诗来。

　　我想2012年肯定会有一个纪念您的热潮，虽然这次不会出现由国家主导、有一定导向的世界性的纪念，但民间自发的、多种形式的纪念肯定增多，这种纪念您会感到更亲切。

　　还有许多具体问题想请教您，例如，为什么您在华州司功参军任上突然弃官而去，并且离开"杜曲幸有桑麻田"的长安，冒险到陌生的秦州作客？是不是像新《唐书》说的那样简单，仅仅是因为"关辅饥，辄弃官去"？又如，好友严武去世后，您在成都没有经济来源，为什么不回您时时念想的长安、洛阳，那里有您的家产（两京犹薄产）啊，而您怎么买舟东下到夔州一带去了呢？虽然您留下的一千四百多首诗是您一生真实详细的记录，但仍有一些事情弄不清楚、难以索解。就先写到这里吧，最后要说声对您的感谢，因为您遗留的精神财富不仅丰富了我们的精神生活，而且告诉我们做人的尊严和价值。

　　谨祝

您在天国的灵魂安谧

王亚秦

致陆放翁先生

肖复兴

陆游（1125年11月13日—1210年1月26日）

南宋诗人。

字务观，号放翁。越州山阴（今浙江绍兴）人。少年时即受家庭中爱国思想熏陶，高宗时应礼部试，为秦桧所黜。孝宗时赐进士出身。中年入蜀，投身军旅生活，官至宝章阁待制，晚年退居家乡。创作诗歌今存九千多首，抒发政治抱负，反映人民疾苦，风格雄浑豪放；抒写日常生活，也多清新之作。著有《剑南诗稿》《渭南文集》《南唐书》《老学庵笔记》等。

肖复兴：作家。1947年生，河北沧州人。曾任《人民文学》杂志主编。1982年毕业于中央戏剧学院。著有《早恋》《远方的雪》《北大荒奇遇》《呵，老三届》《蓝调城南》《聆听与吟唱》《八大胡同捌章》等。

放翁先生，您好：

您好！遥隔八百余年的时间，我给您写这封信，是在心里积聚很久的事情了。退休已经四年，这四年来，我一直在读您的《剑南诗稿》。在我的家里，床头柜上或沙发边、电脑前，都有《剑南诗稿》，翻到哪一页，都会和您相遇，都会有收获或惊喜。这是上海古籍出版社的一套八册精装书，1985年出版，还是当年我和孩子一起在北京灯市口的中国书店里买的，当时只要四十元三角。

岁月沧桑，您的《剑南诗稿》跟着一起沧桑。看得最多的是第七和第八两册，是您晚年的诗，尤其是嘉定二年，即1209年，您临终最后一年的诗。每一首诗，都看得我心动，都令我感叹。不是所有的人都有着这样旺盛的活力，也不是所有的人都能够如您这样在生命的最后时刻还沉浸在诗中。

我知道，您晚景颇惨，您在诗中写道："医不可招惟忍病，书犹能读足忘穷。"面对疾病和贫穷，您以笔写心，聊以用读书和写作维持着清贫的自尊。

记得在您八十二岁的那一年，曾经写过一首题为《家风》的诗，其中，有这样一联："四海交情残梦里，一生心事断编中。"您把"交情"和"心事"作为自己的家风来对待，所以，您才有绝笔《示儿》那样撼人心魄之作。只是，看《剑南诗稿》最后几卷，这样的诗，所占比例并不多，多的是您面对暮年贫病交加的生活和苍凉孤寂

《陆游集》（全五册）

陆游 著

中华书局

1976年出版

陆游一生作品的汇编，先后有很多种版本，这个集子比较权威。除陆游作品外还收录了"陆游行年略考""陆游研究文献资料"等。

的心境的抒怀与遣兴。您并非有那样多铁马冰河的激昂，也少有我们想象和误读中老愤青的激愤。更多的是平常之心，以及用这样平常之心感受到的生活日常情景、风情与心情，平常得就像一位我们邻家爱喝点儿小酒的老头儿。

"利名皆醉远，日月为闲长"，这时候，您有了这样的心态；"研朱点周易，饮酒和陶诗"，这时候，您有了这样的情致；"小草临池学，新诗满竹题"，这时候，您满眼都是诗。对于过去曾经发生过的一切，您的态度是"荣枯不须计，千古一棋枰"；对于疾病和贫穷，您说得达观而幽默："留病三分嫌太健，忍疾半日未为贫。"；对于鹊起的声名，您看得更为透彻："镜中衰鬓难藏老，海内虚名不救贫。"我看得出来，您的乐趣，一在酒中，一在诗里，"醉解病人诗解瘦"，这样的话，您说过不止一次。

读书和写诗，您真的是把它们当成了自己的生活和生命的一部分，而从来没有如今天的我们考虑过码洋、印数、转载、评论或获奖。"挂墙多汉刻，插架半唐诗"；"浅倾家酿酒，细读手抄书"；"诗吟唐近体，谈慕晋高流"；"古纸硬黄临晋帖，矮笺匀碧录唐诗"；"细考虫鱼笺尔雅，广收草木续离骚"……这样的诗句，在您的晚年俯拾皆是，我不知在我的笔记上抄录了多少。书不再是

《剑南诗稿》八十五卷,明末毛氏汲古阁刻本。

安身立命的功名之事,而是一种惯性的生活和心情的轨迹,就像蛇走泥留迹,蜂过花留蜜一样,自然而然,甚至是天然一般。您不止一次这样写道:"引睡书横犹在架","体倦尚凭书引睡"。能够想象得出那时您的样子,一定是看着看着书,眼皮一打,书掉在地上,书成了您的安眠药和贴身知己。

虽然您自称"已开九秩是陈人",年迈体衰,"出寻还得杖青藜",但您还总是很有几分得意地说:"九十衰翁心尚孩,幅巾随处一悠哉。偶扶拄杖登山去,却唤孤舟过渡来。"您依然兴趣盎然不断地杖藜外出(您还不断地为您自己拥有的各种杖藜专门写过诗呢)。您说:"团团箬笠偏宜雨,策策芒鞋不怕泥。"您说:"寻僧竹院逢茶熟,引鹤溪桥及雪残。"前者看得出您的性格和心态,后者看得出您的情致与心境。您还有一句诗"买进烟波不用钱",则看得出您那时对外出接触世风民情与大自然的理解与认知,和我们如今豪华的夕阳红旅游大相径庭。

所以,您从司空见惯中看出"山从树外参差出,水自城阴曲折来",看出其中我们容易忽略不计的迂回有致的曲线;您从屡见不鲜里看到"片月又生红蓼岸,孤舟常占白鸥波",看到其中我们常常视而不见的斑斓色彩;您从山间野趣中敏感地看到情致然后把它们化作您的诗句："山猿引子饮幽涧"，"犬声篱根叶有声"。看，您看得、写得是多么的细微生动，哪里像一个八十多岁的老人！同时，在外出的时候，您并非纯文人式的风花雪月，而是躬身看到农事稼穑，体味到乡间情味："蚕房已裹清明种，茶户新收谷雨芽"；"邻父筑场收早稼，溪姑负笼卖新茶"。

如果在家，"羹煮野菜元足味，屋茨生草亦安居"，看来您安贫气全，知足常乐，没有我们现在好多人急于换一处大房子的心思，更没有非要住别墅的欲望。如此家门口日复一日平淡单调的生活，您却能够捕捉到生趣和意趣来，这实在是本事。有一首诗，您这样写道："小担过门尝冷粉，微风解箨看新篁；旁篱邻妇收鱼钩，叩门村医送药方。"偶然过门的小贩卖的粉，微风之中钻出土的新竹，邻居女人收起了钓鱼的鱼钩，村里的赤脚医生送来了治病的药方，这些不起眼琐碎的生活，被您一一入诗，让人感到平易中的温馨，还看得到您自己并非随年龄一起老得心如枯井，而是那样年轻温润。不是所有的人到了"已开九秩是陈人"的年纪，还能如此地对待生活，对待自己。

还有一句诗，我特别喜欢："茶煎小鼎初翻浪，灯映寒窗自结花。"尤其是后半联，一个八十多岁的老人了，外出那么劳累，居然还存有如此年轻的心性，让摇曳在寒窗上的灯光绽放出属于您自己的花朵来。

我一直在想，如果我活到您那样的年纪，还能够像您一样？我不敢肯定，心里底气不足。看到您有一句诗："敲门赊酒常酣醉，举网无鱼亦浩歌。"我似乎找到了底气不足以及和您的差别的原因，我不能做到"举网无鱼亦浩歌"，我更看重的是网里得有鱼，且是大鱼，起码想做普希金的《渔夫和金鱼》古老故事里那个老渔夫，

陆游画像，马振声1982年作，中国美术馆藏。

怎么也得打上一条金鱼来，便不会做您那样的无用功，傻了吧叽地吼着嗓子去唱歌。

读您晚年的诗，有时候我会想起钱钟书先生的论述，钱先生说其特点有两方面，一方面，钱先生称其为"忠愤"；另一方面，钱先生特别强调"咀嚼出日常生活的深永的滋味"，并说"陆游全靠这第二方面去打动后世好几百年的读者"。真的信服钱先生这样的判断，这在您晚年的诗作里体现得尤为明显。

不知为什么，有时候还让我忍不住想起晚年时的雷诺阿。作为画家的雷诺阿，也许是作为诗人的您，在几世纪过后的一个拷贝、镜像或回声，或者说，是您诗作的一个富有画面感的形象的描摹。我常常做这样不着边际的联想。

也许是因为去年的夏天，美国费城专门举办了一个叫做"晚年雷诺阿"的画展，从全世界的美术馆里收集到了雷诺阿晚年几乎所有的作品。我特意赶去看，发现晚年的雷诺阿已经半身不遂，坐在轮椅上，把画笔绑在手臂上，画出的画面，大多是女人的身影和裸体，那里的女人无一不是肥硕的、健康的、美丽的；不是像小孩子一样天真的、清纯的、活泼的。特别是画展的最后一幅画，题目叫做《音乐会》，音乐会在画面之外，雷诺阿画了两个肥硕的女人正在穿衣打扮，准备去听音乐会，那两个女人占天占地，占满整幅画框，满怀的喜悦之情，几乎要把画框冲破。那种对日常平易而琐碎生活的热爱和憧憬，晚年的雷诺阿和暮年的您是多么的相似。或许，纯粹的艺术家和诗人的心是相通的，越是艰难的生计和不如意的生活，越是老迈的病身和苍凉的心态，越是让你们在自己的作品中彰显自己敏感而张扬的心。

看画展的时候，看到满满几个展厅里雷诺阿晚年的画作，想一个老迈残病之躯,创作力那么旺盛,回国之后,我迫不及待地翻开《剑南诗稿》,看看您的暮年写了多少诗稿。雷诺阿活了七十八岁,您活了八十六岁,是那一年腊月二十九去世的,第二天就是年三十了。在您八十六岁这整整一年时光里,我数了一下,写了长短不一的诗篇四百八十一首。您的活力和雷诺阿真的很像,几乎每一天都在写诗,而且有时不止一首。

八十二岁时,您写过一组《戏遣老怀》,一共五首,您特意写道,自己已是"年垂九十时"。看过这一组诗,我更觉得您和雷诺阿的心地相似。其中有这样两联:"狂放泥酒都忘老,厚价收书不似贫";"花前骑竹强名马,阶下埋盆便作池"。看您高价买到一本喜欢的旧书就忘记了贫穷的那种天真的喜悦。特别是后一联,鲜花前骑了根竹子,就把竹子当成了名马;台阶下埋了个盆儿,就把盆儿当成了水池,这是一种什么心境和心情,哪里像是一个快九十岁的老人,整个儿就是一个孩子啊。返老还童,是和雷诺阿把女人都画成肥硕健康的一样的赤子之心呀。

我不知道我能够活到多大年纪,即使活不到放翁和雷诺阿那样的年纪,也要向往那样的心情和心境。我知道,其实,那是一种遥远的境界。

一般,人们都会把您的《示儿》一诗当做您的绝笔。在您的《剑南诗稿》的最后一页,紧挨着《示儿》的前一首,也就是您生命中写下的倒数第二首诗,常常被人们忽略。您还记得吗?这首诗的名字叫做《梦中行荷花万顷中》。您是这样写道:"天风无际路茫茫,老作月王风露郎。只把千樽为月俸,为嫌铜臭杂花香。"我觉得,您一定有先知先觉,有着无比的洞察力和预测力,这首诗简直就是专门为了八百余年后的我们而写的。如今,很多的诗人和作家,早已经脱贫致富，不会如您一样在垂暮之年那样贫病交加。但是，铜臭早已经淹没了花香，纵使有万顷荷花，您可能永远想象不到，要去看，得要买门票的，想做月王风露郎，也不那么容易了。

放翁先生，怎么能不想念您！

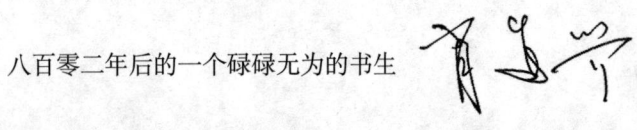

  八百零二年后的一个碌碌无为的书生

2011 年岁末写于北京

致牛顿爵士

江晓原

牛顿 Isaac Newton
（1643年1月4日—1727年3月31日）

英国科学家和哲学家。

1687年7月5日发表的《自然哲学的数学原理》用数学方法阐明了宇宙中最基本的法则——万有引力定律和三大运动定律，被认为是"人类智慧史上最伟大的一个成就"。微积分的创建是牛顿最卓越的数学成就。此外，他还在光学、热学、天文学、哲学方面作出了巨大贡献。

江晓原：上海交通大学科学史系主任。曾在中国科学院上海天文台工作15年，1999年调入上海交通大学，创建了中国第一个科学史系。著有《性张力下的中国人》《年年岁岁一床书》《性感：一种文化解释》《性在古代中国》等。

皇家学会会长、皇家造币厂厂长、尊敬的牛顿爵士：

　　相信您还从未接到过来自中国的信件——尽管我知道您住宅的藏书中有关于去中国旅行的书籍。

　　请允许我先简单自我介绍一下：我是中国一所大学的科学史教授。由于专业上的原因，我对于您个人的科学勋业和成就，会比一般公众了解得更多些；即使对于您的私人生活，我也有相当多的了解——例如，我甚至知道您晚年在南海股票上不甚成功的投机（据我所知您亏损了约四千英镑）。顺便告诉您，"南海股票"如今已成为股票行业中尽人皆知的投机个案，并已载入史册。考虑到这一点，我甚至认为，您介入一种如此著名的股票，即使有所亏损，倒也能和您的巨大名声有所相称。

　　我有点担心，在这封本来就已经相当冒昧的来信的开头，就谈论了一些您的私人生活细节，或许会引起您的不快——我仿佛已经看到您阅读时皱起的眉头。不过我确实没有任何冒犯您的意思。我之所以提到这些细节，实在是我那点小小的虚荣心在作怪——我试图向您显示，我确实对您有相当深入的了解。这当然归功于我多年来孜孜不倦地勤奋阅读您留下的著作和手稿——它们中最重要的一些已经被译成英语甚至中文，以及阅读后人撰写的那些汗牛充栋却又良莠不齐的关于您的传记文章。

　　今年——公元 2012 年——距离您生活的年代已经过去了三个

世纪。从一封来自未来的信件中，您最希望了解的会是哪些信息呢？我暗自问自己。由于我无法与您进行有效的即时沟通（在这一点上，三百年来，科学毫无进展），我只能根据我自己的心理来推测您的心理——我们中国有一句谚语"人同此心，心同此理"，就是此意。

我推测，您最希望从这封信中了解的信息，应该包括如下两个方面：

一、历史如何印证或显现了您的科学理论及其价值和意义；

二、您在后人心目中的形象如何。

希望我的推测不至于和您的实际期望距离太远。

关于第一个方面，情形固然不是您始料所及，但我相信还是能够让您感到欣慰的。

毫无疑问，您创立的万有引力理论大获成功。在您身后，法国那个一贯投机钻营、见风使舵却一生安富尊荣的拉普拉斯侯爵，将万有引力理论发扬光大，全面应用到天体运行轨道的计算上，居然成为天体力学的集大成者。您的万有引力理论差不多统治了天文学和物理学两个世纪，有人甚至将整个宇宙看成一座钟表，而您因此也被尊奉为这个宇宙的运行原理的揭示者和运行规则的制定者——说实话，这样的地位和上帝还有多大差别呢？

不过，我不得不告诉您，进入20世纪之后，人们心目中的宇宙，逐渐开始偏离您用万有引力所描绘的图景。有一个叫作爱因斯坦的德国人，原先只是瑞士专利局一个平庸的小职员，只因业余时间比较喜欢读书和思考，在1905—1915年间弄出了一套被称为"相对论"的理论。诚然，他那种陷溺在红尘中的思考，和您当年在剑桥乡间的沉思相比，或许显得毫无贵族风范，然而他的相对论尽管长期存在争议，却还是能够高歌猛进，不久就取代了您的万有引力理论，被用来为我们的宇宙描绘新的图景。在被描述的新宇宙图景中，时空受到引力的影响，可以是弯曲的。有些对物理学缺乏真正了解的人，认为爱因斯坦已经"推翻"了您的万有引力理论，这样的说法是完全错误的；我们可以说他拓展了您的理论，因为您心目中的平直时空，现在可以退化为新图景中"相对论效应"很微弱时的一个特例。

此后人们经常将这位爱因斯坦和您相提并论，他成为世人心目中唯一能够和您比肩的有史以来最伟大的科学家，晚年在美利坚合众国——您没有听说过这个国家，它原先是不列颠的殖民地，后来在一场反叛不列颠母邦的战争中独立，最终成了世界头号强国——的普林斯顿高等研究院，享受着国家的物质供奉和公众的精神崇拜，仿佛奥林比斯山上的神。不过，他终究没有得到被英王陛下封为爵士的荣幸。

关于第二个方面，我打算更为详细地向您介绍，还请您能够以宽容的心态耐心垂听。

由于您在科学上的巨大成就和声望，许多人发自内心地希望将您塑造成一位"科学之神"，以满足他们精神崇拜的需求，这样的心情当然是完全可以理解的。以我们中国的情形而论，中国公众先读到含有"苹果从树上掉下来"之类儿童故事的普及版——相传是一个苹果落在您头上而启发了您的万有引力理论，不过有学识的人士通常不相信真有此事；再读到科学主义的励志版——您被描绘成一个为科学献身的圣人，为了研究科学，您居然连自己吃没吃过饭也会搞不清楚。

您归去道山之后，法国的丰特奈尔先生（Fontenelle）——您

艾萨克·牛顿画像（17世纪末、18世纪初英国著名画家德弗雷·奈勒作于1689年），牛顿有一句广为人知的名言：如果说我比别人看得更远些，那是因为我站在了巨人的肩上。

爱因斯坦在办公室里,他是相对论的创立者,现代物理学的奠基人。他的广义相对论将经典的牛顿万有引力定律包含在狭义相对论的框架中。爱因斯坦的广义相对论成功地揭示了能量与质量之间的关系。"上帝不掷骰子"是他的名言。

或许和他打过交道——发表了《伊萨克·牛顿爵士颂词》（Eloge de M. Neuton），这既是您的第一篇传记，也是对您的造神运动的开端。丰特奈尔先生担任法国皇家科学院的常任秘书，而我知道您在 1699 年入选该院的外籍院士，所以丰特奈尔先生职责所在，写了这篇颂词。本来呢，这样的颂词当然是要隐恶扬善、称颂功德的，但是您知道这位丰特奈尔先生是怀着怎样的崇敬心情来歌颂您的吗？考虑到您生前一定还来不及看到这篇颂词，请允许我抄一段让您过目，丰特奈尔先生在颂词中热情洋溢地写道：

威尔士王妃，即现在大不列颠的王后，博学多知，能向这位伟人（指您）提出问题，而且只有他才能给出让她满意的答复。她经常在公开场合宣称，她认为自己能与牛顿生活在同一个时代并且结识他，是一种幸福。在多少其他时代，在多少其他民族，才会产生另一位这样的王妃！

丰特奈尔先生真不愧是法国著名剧作家高乃依的外甥，不乏文采斐然的家学渊源，用王后陛下来衬托您的伟大，正是充满文学色彩的别出心裁之处。不过，也有一些人士认为，对您的造神运动其实在您生前就已经开始了，而您对这样的运动至少持默许的态度，也许您还乐观其成。甚至有人说，您还在晚年对这种运动推波助澜。他们的证据，是司徒克雷先生（W. Stukeley）那篇写于 1752 年的《伊萨克·牛顿爵士生平怀思录》（Memoris of Sir Isaac Newton's Life）。这篇传记直到 1936 年才得以出版，我当然也认真拜读过了。不过我不得不坦率告诉您，我读后的感觉是，司徒克雷先生将您描绘成一个半人半神、完美无缺的不朽圣人，细读整个传记，却并无重要的见解和资料。

人们知道，这位司徒克雷先生是您的忘年之交，晚年与您过从甚密,《伊萨克·牛顿爵士生平怀思录》因为是基于亲身经历而写成的关于您的回忆录,所以在您的早期传记中不能不占有重要地位。然而,问题恰恰出现在这里——那些认为您在自己的造神运动中推波助澜的人推测说,您晚年在和司徒克雷先生谈话时,会不会巧妙地利用了他对您极度崇敬的心理,以及您自己那种不经意而出现的高度智慧,影响了他的思想呢?他们说,想想看,一个比您年轻四十五岁的晚辈,而且又对您极度崇拜,面对您这样德高望重、名满天下的伟人,他能够不被您影响吗?既然博学多知的王后陛下都为能够结识您而感到幸福,那司徒克雷先生这样的年轻人一旦有幸和您结识,恐怕就激动得完全不能独立思考啦。

当然,我认为这些都只是猜测之辞,更不必对您作诛心之论。但是总而言之,在18—19世纪,对您的造神运动一直在卓有成效地进行着,您被塑造成科学理性的化身。当19世纪中叶的鸦片战争——我必须坦率告诉您,这是不列颠对中国发起的一场可耻的侵略战争,战争的起因足以让不列颠的正直之士羞愧得无地自容——之后,您开始被介绍给中国公众时,您作为科学理性化身的形象已经牢不可破。在许多中国作者为教化年轻人而撰写的您的传记中,即使偶尔提到您研究神学之类的事情,也必轻描淡写一笔带过,并将这些说成是您"晚年滑入唯心主义泥潭"的表现。

当您在1727年3月归去道山之后,有关的专业人士——我猜想应该是法律方面的——就进入了您的住宅。他们仔细清点了您身后的所有遗物,大到家具,小到茶壶,乃至厨房中的所有烹饪器具,甚至您马厩中的一顶轿子,巨细靡遗,逐一登录,于是形成了一份文件:《伊萨克·牛顿爵士的所有有形动产和证券的既真实又完整的财产清单》。这份财产清单中当然包括了您留下的

《自然哲学的数学原理》
牛顿 著
赵振江 译
商务印书馆
2006 年 7 月出版

全书贯穿了牛顿和莱布尼兹分别独立发明的数学方法——微积分，不过牛顿称其为"流数"，这是牛顿的成就之一。它在科学史上占有非常重要的地位，标志着经典力学体系的建立。

一千八百九十六册藏书，还有一些小册子和笔记本——顺便告诉您，这些藏书当时估价仅为"总价值二百七十英镑"。后来有人又为您的藏书编制了详细的目录。据说您留下的藏书在您归去道山之后就神秘消失了，直到两百多年后才重新被人发现，现在它们被收藏在剑桥大学三一学院，总算得其所哉。

接下来的事情，就不一定是您所乐意见到的了。在 20 世纪上半叶，有一位英国皇家工程兵退役中校德·维拉米尔（R. de Villamil），也许是出于对您的崇敬，也许只是退役之后无所事事，居然将您早已沉睡在故纸中的财产清单和藏书目录都弄到了手，而且他还据此撰写了您的传记。这位维拉米尔中校写的传记，取名就不复当年丰特奈尔先生和司徒克雷先生那样对您充满敬意，而是轻描淡写、甚至有些轻佻地取作《牛顿其人》（Newton: the Man）——您看到这样的标题，如果产生"人心不古"的浩叹，我是完全能够理解的。

一个退役中校来撰写您的传记，他能够正确评价您的历史贡献吗？这样的传记会是重要的吗？然而，维拉米尔中校写的传记竟然有"柏林皇家科学院物理学教授"爱因斯坦为之作序推荐！爱因斯坦教授——就是我前面向您提到过的那位，他后来为了逃避

《最后的炼金术士：牛顿传》
迈克尔·怀特 著
中信出版社
2004 年 5 月出版

本书以史料求证，借助于牛顿的重要信件和若干从未公开出版过的笔记，阐述了牛顿从事炼金术和神学研究对于他发现万有引力以及后来进行的统一场论研究的紧密关联。

迫害去了美国并最终成为美国公民——这样写道：

德·维拉米尔中校应得到全世界物理学家的感谢和祝贺，因为勤奋和机敏使他能够为我们找回牛顿藏书的实际遗存……以及他的所有财物的财产清单。这些东西使我们有可能建构牛顿生活和工作的实际图景，这一图景所具有的真实气氛远比在果园中的苹果的古老传说实际。

然而事实上，维拉米尔中校的兴趣根本不在您的工作和科学贡献上，他像如今普遍流行的小报娱乐版——在您的时代这种低俗之物也许尚不多见——的记者那样，将他的注意力完全集中在您的私生活上。

维拉米尔中校告诉我们：您的藏书中有许多希腊文和拉丁文经典，但是"如乔叟、莎士比亚、弥尔顿、斯宾塞等的英国经典几乎是完全空白"。他认为您对诗歌没有兴趣，因为您曾转述您的老师的见解："诗歌是一种巧妙的废话。"他说您的藏书中有许多关于异国（包括中国）旅行的书，但没有法国的诗歌和文学作品。总而言之，中校给读者留下的印象是，您对于文学几乎没有什么兴趣和造诣。

中校还告诉我们，您的生活相当俭朴，宅中器物一点也不奢华。然而奇怪的是，他居然由此得出您"缺乏审美趣味"的判断，他说您住宅中除了一个别人为您雕刻的您本人的象牙头像之外，竟然再无任何能够让他感到和"美"相关的器物了。他还报告说，您不画画，不喜欢动物（这让人怀疑后世广为流传的关于您为一大一小两只猫开了一大一小两个墙洞的故事是否真实），但喜欢玩西洋双陆棋……

中校对您参与南海公司股票投机的事情表现出了异乎寻常的兴趣——我甚至怀疑他自己就是一个热衷股票投机活动的人。他兴味盎然地在传记中花费了喧宾夺主的篇幅，详细讨论了南海股票的前世今生、您的操作依据以及他对您操作的盈亏评估。他的结论是：您本来可以在获利两万英镑时高位出货，但是您未能及时卖出，结果直到您归去道山时仍然持有着南海股票，此时您已经亏损约四千英镑。

不过我倒认为——我大约不知不觉就被中校浓烈的八卦情怀所影响，怎么对这件事也想发表意见了呢？我认为，和许多人在南海股票上的倾家荡产相比，您的炒作成绩应该不算太坏，因为这点亏损对您晚年来说已经无关大局——我知道您晚年已成富人，每年收入都在两千英镑以上，而且逐年递增，最后那年已超过四千英镑。

平心而论，维拉米尔中校的传记虽然有明显的娱乐化倾向，但对于您在世人心目中的形象来说，并未造成太大的影响。真正致命的打击，来自此后不久问世的另一种您的传记，这篇传记使您的形象开始出现转折。这种转折的罪魁祸首——如果您不喜欢这种转折的话，竟然是你们欧洲人所熟悉的拍卖活动。这个故事说来话长，但我只打算简要概述一下。

我们知道，您晚年有一箱不愿意示人的秘密手稿——这在今天看来完全无伤大雅，谁都会有一点隐私的。您归去道山之后，一位主教曾被请去察看这个箱子中手稿的内容，相传"他惊恐地看到箱子中的内容并砰地关上箱盖"。这箱神秘的手稿从此在您身后销声匿迹了两百多年，一直没有引起人们的注意——我相信这正是您所期望的。

然而到了1936年，著名的索思比拍卖行开始拍卖一宗名为"朴茨茅斯收藏"的古物，这正是您的遗物。一个名叫凯恩斯（J. M. Keynes）的人，买下了您封存在上述箱子中的大部分手稿。这个凯恩斯以"经济学"——不知您在世时有没有听说过这种和物理学相比显得极为虚假的学问——名世，被认为是有史以来最伟大的经济学家之一。

顺便告诉您，凯恩斯是一个风流不羁的不列颠才子，他和英国上流社会几位美丽而聪慧的女性过从甚密，形成一个被称为"布卢姆斯伯里（Bloomsbury）"的社交圈子，他们经常活动的场所是伦敦戈登广场46号。在这个圈子里，婚外恋、同性恋，当然还有异性恋，都并行不悖。他们自己对此这样评价："在戈登广场46号，没有什么是不能谈的，没有什么是不能做的，这是文明的一次伟大进步。"——哦，真对不起，我是不是有点离题了？对于您这样终生过独身生活的人来说，凯恩斯他们的生活也许会让您感到厌恶。

然而，最出人意料的事情莫过于那家您曾经担任过会长的皇家学会，在听说凯恩斯获得了您的秘密手稿之后，居然邀请他据此撰写您的新传记！而且邀请他在您诞辰三百周年的纪念会上宣读！虽然那场被称为"第二次世界大战"的混战耽误了预定的纪

1945年9月，经济学家凯恩斯在英国驻美使馆举行的新闻发布会上。1936年，凯恩斯从索思比拍卖行拍下一宗名为"朴茨茅斯收藏"的古物，并撰写了牛顿传记，取名《牛顿其人》。

念会，但是当1946年这个纪念会终于举行时，仍然由凯恩斯的弟弟——因为凯恩斯那时已经去世——宣读了凯恩斯生前已经撰写完成的您的新传记。

和维拉米尔中校一样，凯恩斯也将您的新传记取名为毫无崇敬之意的《牛顿其人》。他在其中发表了惊人的论调，主要有如下两点：

第一点，他断定，您在年轻时就背叛了当时"三位一体"的正统教义，成为异端教派的信徒。他报告说，您甚至撰写了反"三位一体"的小册子。"这是一个可怕的秘密，牛顿以极大的辛苦隐瞒了一生……他至死没有吐露秘密。"如果您真有这样一个秘密的话，那么现在它被凯恩斯无情地揭露出来了。

第二点，被认为更为惊人的是，凯恩斯断定，您根本就是一个巫师，一个极度热衷的炼金术士，甚至还是一个占星专家，而不是科学理性的化身！他揭露，即使是在您写作不休的《自然哲学的数学原理》的伟大日子里，您实验室中那些研究炼金术的炉火也很少熄灭。在他看来，您发现万有引力倒像是在研究炼金术之余的副产品。

凯恩斯看来也有着和维拉米尔中校类似的低俗趣味，例如，他甚至在传记中谈到，为您管家的您的外甥女凯瑟琳是财政大臣哈利法克斯伯爵——也是您的老友——的情妇，以及您本人"完全不关心女人"，等等。

当然，我得承认凯恩斯也还是有理性的，他在传记中也表达了对您的赞美和敬佩。例如他甚至将您和耶稣基督相提并论："三贤人也会向他表示真诚的和应有的尊敬"——这明显是用了《圣经》中"三王来拜"的典故，尽管我相信您不会认为这样的用典是恰

《牛顿革命》

伯纳德·科恩 著

江西教育出版社

1999 年 10 月出版

用"牛顿革命"这样的概念说明牛顿在科学发展中的革命性作用。对物理学史、科学史等研究有参考价值。

当的。在这篇不长的传记结尾,凯恩斯这样评价您:

哥白尼和浮士德合二为一的人。这个奇怪的精灵,在魔王的诱惑之下相信,当他住在这些围墙中间的时候,他解决了如此多的问题,因而完全凭他的脑力,他就能得到上帝和大自然的所有秘密。

但是,无论如何,从凯恩斯的这篇传记开始,两三百年间塑造起来的您作为科学理性化身的形象,就此轰然倒塌。20 世纪末,美国科学哲学家伯纳德·科恩(I. B. Cohen)——他以一部《牛顿革命》(The Newtonian Revolution)的著作名世——为《科学家传记辞典》撰写的"牛顿"大条目,已经将您描绘成一个新的形象。而迈克尔·怀特(M. White)则将他为您撰写的传记取名为《最后的炼金术士:牛顿传》(Isaac Newton: the Last Sorcerer)。这些著作都已经被译成中文出版,只是尚未引起一般公众的注意。

好了,时候已经不早了,我在这封信开头承诺的两项任务也基本完成了。我真诚地希望,您的不列颠贵族的幽默感,能够使您在阅读这封信件时始终保持心情愉快。

无论如何,您在科学史上的伟大贡献是不可磨灭的,您也完全不必为您后世形象的变化而介怀。世人的价值体系本来就是在不断变动的,"科学之神"的形象也不会永久被人们膜拜。对于您只是在业余时间顺便搞出了万有引力这一事实——如果这是事实的话,在今天已经会使不少人对您更加崇敬。

我们中国人有一句古老谚语"身后是非谁管得",意思是说一个人生前无法左右他身后的名声,因为世事无常。中国还有一位诗人赵翼,写过两句著名的诗:"江山代有才人出,各领风骚数百年。"这意思您很容易理解。我想这句谚语和这两句诗用在您身上都是相当合适的,愿您九泉之下,三复斯言。

此即颂

道安

科学史教授 江晓原

2012 年 1 月 1 日发自上海

与果戈理的对话

蓝英年

果戈理（1809年4月1日—1852年3月4日）

  俄国讽刺作家、批判现实主义奠基人之一。
  善于描绘生活，将现实和幻想结合，具有讽刺性的幽默。1831年，年仅22岁的他凭借处女作《狄康卡近乡夜话》步入文坛。1835年，中篇小说集《米尔戈罗德》和《彼得堡的故事》的出版给他带来声誉。1842年问世的《死魂灵》，是一部卷帙浩繁、人物众多的宏篇巨制，通过对形形色色官僚、地主群像的真切、生动的描绘，有力地揭露了俄国专制统治和农奴制度的吃人本质，震撼了整个俄罗斯。

  蓝英年：翻译家。1933年生，江苏省吴江市人，1955年毕业于中国人民大学俄语系。长期从事苏俄文学、历史的翻译、研究和写作。译有《回忆果戈理》《日瓦戈医生》（与人合译）《塞纳河畔》《亚玛街》等；著有《青山遮不住》《冷月葬诗魂》《被现实撞碎的生命之舟》《利季娅被开除作协》《寻墓者说》《回眸俄罗斯》等。

编者按：邀约著名俄语翻译家蓝英年先生写这封信时，他很爽快地答应了，说要给"果戈理"写。几日后，收到蓝先生的稿件，竟然是这种"穿越式"的隔空对话，非常有创意。通过他们的虚拟对话，我们能全面了解果戈理与俄国、苏联不同时期的文学与社会政治。全文信息量大，可读性强，是一种独到的"信"文本。

蓝英年："果戈理先生，您在天堂，我在尘世。您又上了年纪，今年二百零二岁了，我说话您听得见吗？"

果戈理："我虽二百零二岁了，但眼不花耳不聋，看得见听得清，你说的我听得见。"

蓝英年："先向您表示感谢，从小到大，我都在听您讲故事。在我最空虚或最倒霉的时候，您的作品成为我的精神支柱。我还读过评论您的专著，但我仍然对您了解得太少，我想向您请教几个问题。"

果戈理："你提吧。先告诉我你读过谁写的评论我的专著？"

蓝英年："有七八个人。就说主要的吧：叶尔米洛夫、赫拉普琴科和马申斯基。"

果戈理："你怎么读他们的书呢。叶尔米洛夫是打手，凡是与他观点不同的人抡起棍子就打。打手能有什么观点，就知道恬不知耻地歌颂斯大林，歌颂他们建立的体制，对文学一窍不通。他不

《死魂灵》
果戈理 著
满涛 徐庆道 译
人民文学出版社
1983年出版

果戈理最具代表性作品,书中对形形色色贪婪的地主、腐化堕落的官吏揭露得淋漓尽致,是俄国讽刺文学的典范之作。

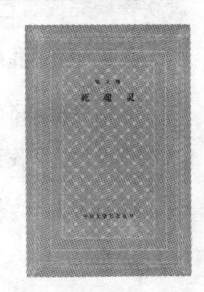

是写我,而是图解列宁和斯大林引用过我的话,借吹捧领袖邀宠。赫拉普琴科什么都往阶级斗争上扯,我在《死魂灵》里写的几个地主身上的毛病,其实就是俄国人身上的毛病,过去有,现在有,将来还有,干吗非把他们与地主和农奴联系在一起?俄国的地主早被布尔什维克消灭光了,可我的人物绝迹了吗?至于马申斯基,不过综合赫拉普琴科之流的著作罢了。"

蓝英年:"您怎么熟悉这三个人呢?他们可比您晚出生一百多年啊。"

果戈理:"这是帕斯捷尔纳克告诉我的,他可被叶尔米洛夫一伙整苦了。20世纪30年代被他们整得活不下去,书不能出版,连他翻译的莎士比亚剧本都不能出版。他为了活下去,不得不写了一首歌颂斯大林的诗,被迫向新政权表忠心。"

蓝英年:"我也听说他是第一个写赞美领袖诗的人。"

果戈理:"是不是第一个我不敢说。这是阿赫玛托娃告诉我的,他自己不好意思说。其实,我也写过阿谀沙皇和贵族的信。不恭维他们,能给我钱吗?没有钱我怎么生活,怎么写作?我敢承认。我收了他们的钱仍写我想写的。以我当时的名气,写什么都能出版,靠稿费也能过活,但我那样做就分散精力了,我宁肯向沙皇贵族要钱完成自己的使命。我这种做法很多人不理解。"

蓝英年:"我的第一个问题是请您谈谈,您那时的写作环境同俄国变成苏联后有什么不同?"

果戈理:"我正赶上尼古拉一世,一个反动的时代。全国实行书报检查制度,写了东西先送交检查部门审查,看看里面有没有反对沙皇的话。我的《死魂灵》是检查官尼基琴科审查的。他是文化修养很高的人,别林斯基把手稿带给他,他读后立即批准出版。俄国当时的检查官都是文化水平很高的人,有的本人就是作家。你知道冈察洛夫吧,就是写《奥勃洛莫夫》《平凡的故事》和《悬崖》的那个人,他也是检查官。而苏联的检查官都是契卡分子,大字不识几个,怎么审查?就知道肆意迫害知识分子。"

蓝英年:"您是说只要作品里没有号召暴动、不号召推翻沙皇的内容就可以出版?"

果戈理:"你这样概括有点绝对,但大体不错。我在《钦差大臣》里对官员们百般嘲笑,剧本不仅出版,还上演了。首演的那天,沙皇率领大臣们到剧院观看。他们是来寻开心的,喜剧嘛,逗乐而已。特别是丢尔先生饰演主角赫列斯塔科夫,丢尔是著名的喜剧演员,特别善于插科打诨,王公贵族都爱看他的表演。但沙皇和大臣越看脸色越阴沉,看完尼古拉一世说:'诸位都挨骂了,我挨得最多!'"

蓝英年:"您可要倒霉了。"

果戈理:"我到意大利去了。"

蓝英年:"您被驱逐出境了?"

果戈理:"怎么被驱逐出境呢!我自愿去的,到意大利写我的《死魂灵》。当局并没有找我麻烦。沙皇时代与苏联时代不同,作家可以随意出国，像我的晚辈同行屠格涅夫，长年住在国外，在法国待腻了就上德国，想回国随时可以回国。根本不存在驱逐出境、叛逃这种概念。"

蓝英年："原来俄国和苏联的检查制度还是有区别的。我原以为苏联的检查制度是继承了沙俄的检查制度。"

果戈理："你怎么这么糊涂，苏联是推翻俄国临时政府建立的，临时政府又是推翻尼古拉二世建立的，怎么能继承呢。你不能看它们相似就认为后者继承前者，两个检查制度不同的地方很多。沙俄的报刊多数是私人办的，苏联的报刊通通是国家办的。不论是《新世界》还是《十月》都隶属于苏联作协，而苏联作协是国家衙门。一个作家组织变成政府部门，这在世界上是少有的。沙皇时代发不发表文章由编辑决定，苏联时代主编没这种权利，还得通过苏共宣传部。特瓦尔托夫斯基跟我说过，他主持《新世界》的时候吃尽苦头，为发表一篇文章要到宣传部跑几趟，同官员们争论、解释、恳请甚至哀求。"

蓝英年："您也见过特瓦尔托夫斯基？您还见过哪几位苏联作家？法捷耶夫、马雅可夫斯基或者潘费洛夫、柯切托夫？"

果戈理："法捷耶夫和马雅可夫斯基不能到我这里来，因为他们是自杀的。潘费洛夫和柯切托夫也没到这里，去了另外的地方。"

蓝英年："后两位在中国名气很大。潘费洛夫的《磨刀石农庄》20世纪50年代就译成中文，但读者不多。柯切托夫的《茹尔宾一家》《叶尔绍夫兄弟》《州委书记》《落角》和《你到底要什么》陆续译成中文，读者要比潘费洛夫多得多。您怎么看这两位作家？"

果戈理："儿童文学作家丘科夫斯基同我谈过他们，所以我对他们略知一二。潘费洛夫是顽固不化的极权体制的护卫者，声嘶力竭地歌颂农业集体化。但他不仅缺乏文学才华，文化水平也不高，句子都写不通，高尔基就曾批评过他。读他的作品是浪费时间。柯切托夫同他是一路货，一味歌颂当局的政策，只不过文化水平略高一些，更善于投机一些。他们的得意门生是巴巴耶夫斯基，就是那个写《金星英雄》和《光明普照大地》的家伙，比他们两位文化水平还低，算个半文盲吧。听说巴巴耶夫斯基的作品也译成中文，中国太迷信苏联了，凡是获得斯大林奖金的作品就翻译。潘费洛夫主持《十月》杂志多年，柯切托夫主持过《文学报》。他们能发表什么好作品？他们看中的必定是拙劣的，优秀的绝不允许发表。"

蓝英年："那是20世纪50年代的事。连诬蔑中国人的《旅顺口》也获得斯大林文学奖，并翻译成中文了。"

果戈理："没有人向我提起《旅顺口》，我不知道这本书。索尔仁尼琴告诉我柯切托夫是拍苏斯洛夫马屁爬上去的。他讲了一件趣闻：每当柯切托夫接苏斯洛夫的电话时，第一句话一定是：'苏斯洛夫同志，我站着接您的电话。'苏斯洛夫是仅次于勃列日涅夫的大人物，苏联意识形态总管，人称灰衣主教，拍他的马屁自然爬得快。你说柯切托夫的读者比潘费洛夫多得多，我知道什么原因了，是你们的巴金告诉我的。柯切托夫后几部作品是在你们'文革'后出版的，那时不让读书，把年轻人赶到乡下。年轻人不读书怎么行？于是他们各显神通，到处找书，找到后互相传阅。柯切托夫的书就是那时读的。柯切托夫的书里有故事，也有点爱情什么的，青年们就读他的书，饮鸩止渴，因为没有别的书可读。中国青年没有接触过优秀的俄国文学和苏联文学，便把柯切托夫当成俄国和苏联文学的代表，太荒唐了。而潘费洛夫的《磨刀石农庄》

苏联诗人马雅可夫斯基,十月革命和社会主义的歌手。当十月革命发生时,他大呼:"这是我的革命!""啊,愿你四倍地被人赞颂,无限美好的革命!"

苏联作家法捷耶夫。他曾说:"我在成为作家之前先成为革命者。"苏联卫国战争爆发后,法捷耶夫作为战地记者上了前线,写了不少特写和文章。后有长篇小说《青年近卫军》发表,引起了巨大的反响。

陀思妥耶夫斯基（1821—1881年），出生在俄罗斯的一个医生家庭，是19世纪俄国文坛上一颗耀眼的明星，俄国文学史上最复杂、最矛盾的作家之一。1846年1月小说《穷人》连载于期刊《彼得堡文集》上，广受好评。1866年发表《罪与罚》，赢得了世界性声誉。1880年发表《卡拉马佐夫兄弟》，是作者哲学思考的总结，被称为人类有文明历史以来最伟大的小说。别林斯基称其为"俄罗斯文学的天才"。

是早翻译的，'文革'前已列入禁止阅读的苏修文学范畴，所以青年们没读过。"

蓝英年："我与当年的知青谈起过苏联文学，他们很多人知道柯切托夫，却不知道帕乌斯托夫斯基。那时他们在农村里没事干，又没有其他的文娱活动，靠读书打发时间，碰到什么书读什么书，其中就有柯切托夫。后来各奔前程，忙于工作，没有时间读书，而当年读书的印象就留在脑子里。"

果戈理："我不明白为什么不让青年人读书？中国不是学习苏联吗？苏联还让人读书呢。当然，有他们的宣传导向，号召青年人阅读宣传他们政策的书，但其他的书也可以读，比如我的书，屠格涅夫和托尔斯泰的书。"

蓝英年："后来中国很多书也可以读了，可'文革'期间外国文学（包括苏联和西方）和中国古典文学被定为封资修文学。还不止文学，也包括其他学科。我不多讲了，您弄不清，不是中国人谁也弄不清。这是中国特有的现象。我请教您第二个问题：谁是您的嫡派传人？包括俄罗斯的和苏联的作家。"

果戈理："要说嫡派传人一个没有，要说受到我创作影响的人就多了。俄罗斯著名的有陀思妥耶夫斯基、萨尔蒂科夫-谢德林和契诃夫,苏联著名的有苔菲、布尔加科夫和左琴科。当然不止这六个人,我不过举例而已。也不是说他们的创作风格跟我一样,完全不是,如果那样就变成模仿了,而他们各有自己独特的创作风格。就连屠格涅夫也受到我的影响,但他的风格与我迥乎不同。影响表现在什么地方呢?这么说吧,他们吸收了我的'创作之魂'。'创作之魂'听起来有点玄妙,你自己琢磨吧。但他们对我的景仰是我生前所未料到的。陀思妥耶夫斯基说他们都是我的小说《外套》孕育出来的,布尔加科夫说愿用我墓碑下的一块石头做他的墓碑,而他的太太居然弄了一块。他和我都安葬在莫斯科新圣女公墓。我提到的三位苏联作家,除左琴科外,其他两位你们中国人可能不大熟悉,不得不多说几句。布尔加科夫一直受到拉普(无产阶级作家协会)的攻击,最卖力的当然是叶尔米洛夫。布尔加科夫写过许多剧本都不能出版、上演,直到他死后二十多年,20世纪六七十年代才得以出版、上演。他把我的《死魂灵》改编成剧本,在莫斯科艺术剧院上演,一段时间就靠《死魂灵》的演出税过活。他的小说《大师和玛格丽特》与《狗心》都是苏联的优秀作品,从中或许能看到我的《鼻子》的影子。至于苔菲,是苏联时期的作家,但并不是苏联作家。她自己对我说,她热爱俄罗斯,但仇恨布尔什维克。确实如此。十月革命,现在中学教科书又改为十月政变了,不管叫革命还是政变吧,反正1917年以后苔菲逃到法国,这才是流亡呢,与我到意大利完全不同。苔菲是聪明的女作家,善于捕捉人性可笑之处。1917年以前她在俄国已经闻名遐迩了,从王公大臣到邮差摊贩,没有不读她的书的,连沙皇尼古拉二世都爱读她的小说。她在国外写了很多短篇小说,是侨民作家当中最出色的,引起另一个侨民女诗人吉皮乌斯的嫉妒,向我说了她的很多坏话。

苔菲（1872—1952 年）是一位幽默作家，出生于圣彼得堡一个知识分子家庭。她写过诗歌、剧本和小说，嘲笑俄国国民的劣根性尤其以她的幽默短篇小说闻名，在十月革命之前为俄国各阶层人民喜爱，从店铺伙计到达官显贵，以至沙皇尼古拉二世都是她的读者。她反对布尔什维克和十月革命。十月革命后，她流亡法国巴黎，在巴黎的侨民杂志上继续发表她的作品。代表作品有小说《断头台》《在格拉森崖上》《儿童》《毅力》等。1952 年，病逝于巴黎。

吉皮乌斯是个平庸的作家，怎能同苔菲比？就文学成就而言，也比不上她丈夫梅列日科夫斯基。梅列日科夫斯基写过一部《果戈理与小鬼》，当然少不了胡说八道，但还是赞扬我。你读过吗？"

蓝英年："我没读过。我只读过他的《诸神之死》和《诸神复活》。没有读过女诗人吉皮乌斯的任何作品。您也见过梅列日科夫斯基？"

果戈理："我没见过他。他恨布尔什维克恨得头脑发昏，临终前在巴黎发表广播讲话，竟把进攻苏联的希特勒比作决心把法国从英格兰统治下解放出来的圣女贞德。这样的人到不了这里。再回头说苔菲。1946 年夏天西蒙诺夫和爱伦堡访问巴黎。斯大林给西蒙诺夫一项任务：把俄国作家布宁或苔菲请回国，两个人都请回来最好，请回其中的一位也行。苔菲告诉我，布宁对布尔什维克的仇恨不亚于她。两人决不回苏联。但苔菲听说西蒙诺夫和爱伦堡要在苏联驻法国大使馆举行招待会，宴请俄侨作家。二战期间他们在法国过的日子苦极了，平日吃不饱，几个月不沾荤腥，现在有宴会岂能不去饱餐一顿？一群衣衫褴褛的俄侨作家抱着同样的想法来到大使馆。桌上摆满珍馐美味，莫斯科的香肠，堪察加的马哈鱼，令人垂涎欲滴的俄国鱼子酱，这次可不是过屠门而大嚼了。西蒙诺夫先致辞，介绍伟大卫国战争的胜利，苏联人民为此付出的巨大牺牲,斯大林的英明领导是胜利的保证。西蒙诺夫致辞时,苔菲向布宁使个眼色,两人抄起刀叉,瞄准鱼子酱大嚼起来。西蒙诺夫举杯为斯大林的健康干杯,大家都站起来碰杯,没站起来的只有苔菲和布宁,他们完全沉浸在美味中。等到西蒙诺夫请同胞们品尝祖国的美味时,马哈鱼只剩下鱼头鱼尾,鱼子酱也所剩无几。"

蓝英年:"怎么像您在《死魂灵》里写的梭巴凯维支呢?"

果戈理:"这都是苔菲亲口告诉我的,也许她讲的时候想起梭巴凯维支了。斯大林为什么这时邀请苔菲和布宁回国呢?领袖的想法莫测高深,让人捉摸不透。过了两三个月开始猛烈批判阿赫玛托娃和左琴科,苏联党魁日丹诺夫把他们俩骂得狗血淋头,可他们是拥护苏维埃政权的呀,从未公开说过反对苏维埃政权的话。左琴科跟我说,表面上批判他们,实际上是日丹诺夫派同马林科夫派的斗争。批判左琴科是因为他在列宁格勒杂志《星》上发表《猴子奇遇记》,但这篇小说不是他的投稿,而是马林科夫一伙捣的鬼,把他发表在儿童刊物《脏孩子》上的儿童故事转载在大型刊物《星》上,嫁祸给日丹诺夫,因为列宁格勒是日丹诺夫的地盘。他的地盘上竟发生这样的事,说明日丹诺夫丧失警惕性。马林科夫一伙知道斯大林看列宁格勒刊物,在严肃的刊物上突然出现一篇儿童读物必定引起他的注意。这是左琴科最重的罪行。批判阿赫玛托娃是因为她过去的经历,1917年前写的诗,翻陈年旧账。可布宁和苔菲不同,他们公开咒骂布尔什维克,咒骂苏维埃政权,咒骂苏联领导人。布宁在《诅咒的日子》里骂得厉害极了。把他们请来接受批判?按照苏联的法律他们两人都应处决。"

蓝英年:"听说左琴科被开除作协后断了生路,靠修鞋过活。

他为了发表作品,写过'歌颂讽刺小说',结果失败。"

果戈理:"荒谬绝伦,怎能把对立的概念联系在一起呢?都说左琴科是我的传人,其实不是。我写的是俄国人身上的劣根性,他批判的是剥削阶级的腐朽思想对苏联人的影响。苔菲倒有几分像我,她嘲讽的是俄国人身上固有的丑陋。你读过她的作品吗?"

蓝英年:"读过,但已是20世纪80年代了。50年代上苏联文学史课,别说苔菲了,就连帕斯捷尔纳克也不讲。80年代前不仅我不知道苔菲,俄国人也不知道苔菲,她是戈尔巴乔夫提出公开性后才回归祖国的。我想向您提第三个问题:您是怎么写作的。"

果戈理:"苏联作家魏列萨耶夫写过一本《果戈理是怎样写作的》,你读过吗?"

蓝英年:"读过,并且把它译成中文。这本书很受中国读者的欢迎,印了五六版。鲁迅很推崇这本书,请孟十还译成中文。我算是重译。您同意魏列萨耶夫的看法吗?"

果戈理:"你说鲁迅推荐过这本书?就是翻译过《死魂灵》的那个鲁迅?"

蓝英年:"就是翻译《死魂灵》的那个鲁迅。"

果戈理:"我见过鲁迅。他很喜欢我的作品,除自己翻译《死魂灵》外,还请年轻朋友韦素园翻译《外套》。鲁迅大概不是从俄文直接翻译的,把死农奴译成死魂灵容易让人误解。我的故事梗概就是乞乞科夫利用已死但尚未注销的农奴发横财。译成'魂灵'就费解了。俄文这个词有两个意思:农奴和灵魂。'灵魂'容易理解,而'魂灵'还是死的,就不知所云了。"

蓝英年:"鲁迅是根据日文并参照德文翻译的。书名译得确实有问题,不看过书不知是一本什么书,而您的俄文书名概括全书,

《钦差大臣》

果戈理 著

黄成来 金留春 译

上海译文出版社

本书叙述了以俄国某市市长为首的一群官吏听到钦差大臣前来视察的消息，惊慌失措，竟将一个过路的彼得堡小官员赫列斯塔科夫当做钦差大臣，对他殷勤款待，阿谀、行贿。该剧是整个俄国官僚界的缩影，堪称俄国戏剧史上的里程碑。

一目了然。"

果戈理："魏列萨耶夫从搜集材料、写作过程、修改手稿和征求别人意见等几个方面谈我的创作，大体不错，基本同意他的看法。他还编了一本《果戈理资料》，印数不多，你未必见过。"

蓝英年："我不仅见过，还有这本书。戈宝权先生 1935 年随同梅兰芳博士访问苏联时买的。后来戈先生送给我了。"

果戈理："《果戈理资料》不必全读，太烦琐，但资料不少，可供查阅。魏列萨耶夫说我不深入生活，我身在生活中，到处有生活，还怎么深入？我与人接触就是观察人。我特别愿意听人清谈，从中能汲取很多创作素材。《外套》的故事就是听来的，我不过改变一下情节而已。我特别爱听普希金清谈。他谈到忘情时，什么都谈，连自己的创作计划也谈。他知道我有'偷听'的本领，发现我在场就紧张。我说《死魂灵》和《钦差大臣》题材是普希金给我的，其实是我'偷听'来的，这么好的题材他岂肯给我？我听说他一次对家里人笑着说：'当着这个乌克兰佬的面说话可得当心，他抢劫我的东西我连喊都喊不出来。'"

蓝英年："听说您请母亲给您描写乌克兰姑娘的服饰，搜集乌克兰古老的传说，这些您都写进《狄康卡近乡夜话》里了。"

果戈理:"那又怎么样?作品可是我的呀!"

蓝英年:"我怎么老写不好文章,文字不简洁,句子不流畅,您有什么见教?"

果戈理:"文章要反复修改。写好后不急于发表,放在一旁,干别的事,旅行啊,看书啊,或什么事也不干。过一段时间,您再修改稿子。修改完,一定亲自抄清。再放在一边,干别的事。过一段时间,再拿出来修改,修改后亲自抄清,放在一边。过一段时间再修改抄清。这样做八遍,文字就简洁凝练了。"

蓝英年:"修改—抄清—再修改—抄清,要做八遍,现在的人很难做到,我也未必做得到。"

果戈理:"做不到八遍,少一点也行。主要是别急于发表,写好后放一段时间,修改后再发表,这一点你总能做到吧。多看有关修辞的书,避免出现病句。有位中国人告诉我,中国现在出版的书不通的句子比比皆是,仿佛米饭里掺沙子,难以下咽。他问我怎么办,我就把刚才对你说的话对他重复了一遍。"

蓝英年:"可是出版机构催怎么办?特别是翻译的时候,编辑老在屁股后面催。编辑不懂外文,没译过书,认为翻译简单不过,不过把外国字译成汉字。滥译的人不算,认真的译者被催得苦不堪言。请您说句公道话。"

果戈理:"我尝试过翻译,但我的法文太蹩脚,放弃了。我深知翻译的艰辛,一定要给译者充分的时间,像你说的情况,出不了好译文。"

蓝英年:"最后一个问题。听说您在作品发表前喜欢给别人朗诵,特别喜欢给那些不喜欢您的人朗诵,果真如此?"

果戈理:"你们没有朗诵作品的习惯,我们那时经常朗诵自己的作品。普希金朗诵诗,我朗诵小说或剧本。朗诵时自己能发现问题,听众也能发现问题,这是一种修改作品的好方法。我乐意给不喜欢我作品的人朗诵自己的作品,不喜欢给无论我写什么都一味赞扬我的人朗诵。我曾给莫斯科省长朗诵过《死魂灵》。他专门挑毛病,批评起来又严厉又无情。他是一个富有实际经验而对文学一窍不通的人,当然免不了胡说八道,但有时提的意见我可以采用。读给这些聪明的、非文学界的审判官们听,对我恰恰是有益的。我根据我的作品对不大读小说的人所产生的印象来判断它们的价值。如果他们发笑了,那就真正可笑,如果他们被感动了,那就真正感人。因为他们坐下来听我朗诵的时候,是绝对不准备发笑,不准备受感动,不准备赞美的。"

蓝英年:"与您对话受益匪浅。谈的时间不短了,您该休息了,如果有机会再向您请教。"

致尊敬的法朗士先生

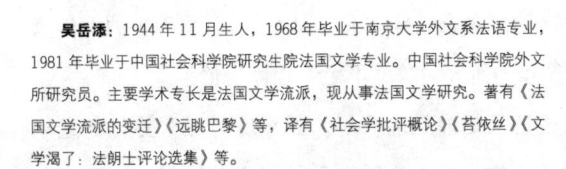

吴岳添

阿纳托尔·法朗士（Anatole France，1844—1924年）

法国作家、文学评论家、社会活动家。

生于巴黎一书商家庭。少年时的法朗士经常替父亲编写书目、图书简介等，置身于书海之中。1873年出版第一本诗集《金色诗篇》，尔后以写文学批评成名。1881年出版《波纳尔的罪行》，在文坛上声名大噪。著有《波纳尔的罪行》《苔依丝》《鹅掌女王烤肉店》《红百合花》《企鹅岛》《天使的叛变》《诸神渴了》《如花之年》等。

吴岳添：1944年11月生人，1968年毕业于南京大学外文系法语专业，1981年毕业于中国社会科学院研究生院法国文学专业。中国社会科学院外文所研究员。主要学术专长是法国文学流派，现从事法国文学研究。著有《法国文学流派的变迁》《远眺巴黎》等，译有《社会学批评概论》《苔依丝》《文学渴了：法朗士评论选集》等。

亲爱的阿纳托尔·法朗士先生：

　　1844 年，您诞生在西方的法兰西；整整一个世纪之后的 1944 年，我出生在东方的中国。我们远隔万里、天上人间，但却神交已久、心有灵犀。三十年前，我的硕士论文就是《人道主义者法朗士》；在 20 个世纪八九十年代，我陆续翻译和多次出版了您的《波纳尔的罪行》《苔依丝》《鹅掌女王烤肉店》《红百合花》等优秀小说；1995 年发表了专著《法朗士——人道主义斗士》，1997 年主编了《法朗士精选集》。2011 年 12 月，燕山出版社出版了我编译的《法朗士评论精选集》，我毕生对您的译介由此画上了一个圆满的句号，所以很想写封信告慰您的在天之灵。绿茶先生邀我把这封信刊登在他主编的《文史参考》上，即使您在天堂无法看到，也能给后人留作纪念。

　　我与您结下不解之缘纯属偶然。在十年动乱刚刚结束的 1978 年，作为第一批考入中国社会科学院的研究生，我从事法国文学研究时难免心有余悸、分外谨慎。您是 1921 年诺贝尔文学奖的获得者，同年又向刚成立的法国共产党捐款，被法共的《人道报》誉为您入党的实际行动。像您这样"又红又专"、名垂青史的大作家屈指可数，我把您作为研究对象就不至于担惊受怕了。

　　然而我们的相遇又是命运的必然。我经历过孤苦伶仃的童年时代、饥肠辘辘的青春岁月、头脑发昏的"文革"时期和艰辛备

《苔依丝》

法朗士著

吴岳添译

漓江出版社

1992 年出版

凭借这部作品，法朗士获得 1921 年诺贝尔文学奖。获奖理由写道："他辉煌的文学成就，乃在于他高尚的文体、怜悯的人道同情、迷人的魅力，以及一个真正法国性情所形成的潜质。"

尝的劳动锻炼，冥冥之中似乎总有一股精神在支撑着我乐天知命、笑对人生。直到我三十四岁时读着您的作品，才顿悟到这种精神就是幽默！也正是您的幽默把我引进了法国文学的殿堂，体味到了高卢民族传统的真谛。

从中世纪的市民文学到拉伯雷的《巨人传》，从莫里哀的喜剧到伏尔泰的哲理小说，幽默是法国文学的重要特色。正如罗曼·罗兰的小说《哥拉·布勒尼翁》里那个木匠那样，他生于宗教战争的动乱时代，心上人莫名其妙地被人夺走，婚后老婆吵闹难缠，儿子们长大后又勾心斗角，再加上战争、瘟疫、火灾等种种不幸的遭遇，但他始终爽朗快活、俏皮幽默，以乐天主义的态度享受人生，这就是高卢人乐观的生活信念。

法朗士先生，您的一生是充满幽默的一生。您中学毕业后就业无门，在谋生的同时自学成才。您生来敏感多情，却由于家境贫寒、貌不惊人而生性木讷，只能泪眼模糊地看着暗恋的女子被有钱的男人搂在怀里，自己直到三十二岁才结婚成家。您成名之后，普鲁斯特曾问您为什么如此博学，您用一句话就概括了您的青春时代："这非常简单，亲爱的马塞尔：我在您这个年龄，没有您这样漂亮，不讨人喜欢，也不去社交界，就待在家里看书，不停地看书。"这看似轻松幽默的一句话，却包含着多少坎坷与辛酸！

当然幽默并非法国所独有，每个民族都有各自的幽默。我不禁想起在"文革"期间，我们这些刚毕业的大学生被迫放弃专业，来到荒僻的农场里编成连队，不分寒冬酷暑在田野里劳作。有一天骄阳似火，我们坐在田埂上稍事休息，不觉感叹"赤日炎炎似火烧，野田禾稻半枯焦"。刚直不阿的六班长接着说了一句："知识分子如汤煮……"我们本能地哄笑起来，但随即噤若寒蝉，沉默寡言，在烈日下也能感到一丝凉意。这虽然是苦涩的幽默，但是只要有幽默，一个民族就有希望。

译者与作者是有缘分的。朱生豪译莎士比亚、傅雷译巴尔扎克、毕修勺译左拉、草婴译托尔斯泰，皆用毕生之精力翻译一位经典作家的作品，具有为之献身的殉道精神。前辈大师我自然望尘莫及，不过每个译者都有自己的爱好。我翻译您的小说，就是喜欢您的幽默。幽默是一种可贵的品质，它能使人在困境中化解忧愁，乐观地面对人生，发出令人回味的笑声，在使自己快乐的同时也使别人快乐。法国哲学家安德烈·孔特-斯蓬维尔说过：不幽默的圣人是可悲的圣人，不幽默的智者算不上一个智者，诚哉斯言。

幽默包含着自嘲，但是黑色幽默近于讽刺，所以幽默与讽刺密切相关。法朗士先生，作为继伏尔泰之后法国最优秀的幽默大师，讽刺也是您得心应手的武器："没有讽刺，世界就会成为一座没有鸟儿的森林。"您善于把动人的故事和对现实的抨击巧妙地融为一体，以丰富美妙的想象来表现寓意深刻的哲理，使人们在优美的艺术享受中得到教益和鼓舞，而且在辛辣讽刺的同时始终保持高雅的风度，因此您的讽刺往往如同幽默。正是从您的小说中，我才理解了幽默与讽刺的关系。

《波纳尔的罪行》

法朗士 著

塑造了老学者波纳尔的感人形象。他同情处于困境中的戈格斯夫人,在寒冬里给她送去肉汤和木柴。没想到后来她成了俄国亲王夫人,为他买到了四十年来梦寐以求的古代手稿,这个心地善良的老学究得到了喜出望外的回报,不啻是一位继伏尔泰之后法国最优秀的幽默大师,没有讽刺的世界犹如没有鸟的森林。

当您刚刚步入文坛、对未来怀着美好憧憬的时候,您在《波纳尔的罪行》里塑造了老学者波纳尔的感人形象。他同情处于困境中的戈格斯夫人,在寒冬里给她送去肉汤和木柴,没想到后来她成了俄国亲王夫人,为他买到了四十年来梦寐以求的古代手稿,这个心地善良的老学究得到了喜出望外的回报,不啻是一曲对人性的善和美的动人赞歌。

您和狄德罗一样热爱科学,所以在《苔依丝》里幽默地讽刺了修道士们的愚蠢和虚伪。古代埃及沙漠里的修道士巴福尼斯,想使美貌的女演员苔依丝摆脱罪恶的生活,设法把她送进了女修道院,然而自己却不由自主地爱上了她。最后放荡一生的苔依丝升入了天堂,苦修一世的巴福尼斯却坠入了地狱。您的幽默在于颂扬世俗生活的欢乐,像苔依丝那样"罪恶"越多,临终时的忏悔才丰富感人,才越是能进入天堂。

当您对现实感到不满的时候,哲理小说《鹅掌女王烤肉店》里的瓜纳尔长老就成了您的代言人,随时随地都能发表一通不无道理却又令人难堪的妙论。他认为没有什么神圣的东西,因为"人都是自私、怯懦、放荡的""很难不犯罪";比起"骗子、流氓和一切坏蛋"来,"可敬的人物使人更不高兴""暴君一个比一个坏",

等等，总之人类一切活动的中心是"饥饿和爱情"。这些嘲弄社会现实的议论看似荒诞不经，却是实话实说、痛快淋漓，今天读来也觉得分外亲切。

当幽默不足以表达您对现实的无比失望，您就以幻想小说作为武器，在《企鹅岛》里用企鹅人的国家来比喻法国，无情地嘲笑法国的历史、宗教和传统。《天使的叛变》中的天使和人一样有七情六欲，上帝"不过是一个愚蠢而残忍的暴君"，从而彻底粉碎了教会关于天使的神话。您的杰作《诸神渴了》写一个善良的青年本来想当画家，后来担任了革命法庭的陪审员，逐渐变成了杀人不眨眼的魔鬼，以此暗示在大革命中有许多人无辜被害，揭示了宗教式的狂热和偶像崇拜必然会使革命走向失败的沉痛教训。

您的作品反映了您从幽默风趣到辛辣讽刺，最后无比失望的过程，然而现实生活比起您的小说内容来更要残酷得多。您从小在父亲的旧书店里养成了读书的癖好，那些反映法国大革命恐怖专政的报刊资料，使您很早就形成了厌恶暴力的人道主义思想。您最初的诗作《金色诗篇》描写蜻蜓与猴子之死以及为争夺配偶而决斗的雄鹿，幽默之中流露出对弱小动物的怜悯。因而最使我惊讶的是，您这样一个德才兼备、心地善良的人，竟然也会像您的前辈卢梭那样备受打击、痛苦不堪！

您本是一介书生，焉知世事如棋、波云诡谲？19世纪末，犹太人德雷福斯上尉被诬陷为向德国出卖军事机密的叛徒，被军事法庭判处终身监禁，法国为此分成了支持和反对德雷福斯的两个阵营。您站在左拉一边坚持了长达十年的正义斗争，直至德雷福斯被彻底平反。您明明是为平反冤案奔走呼号，却因此在法兰西学士院里陷于孤立；您支持左翼联盟中的激进党领袖克雷孟梭，不

《鹅掌女王烤肉店》

阿纳托尔·法朗士 著

吴岳添 译

重庆出版社

法朗士在这本书中塑造了一个栩栩如生的人物：瓜纳尔长老。在这个多嘴的长老和神学博士身上发生了许多趣事，辛辣地讽刺了19世纪末期法国的社会现实。

料他刚上台就镇压工人罢工，被人们称为"老虎总理"，使您的美好理想化为泡影；社会党领袖饶勒斯深受工人爱戴，经常在议会发表鼓舞人心的演说，却由于反对战争而在第一次世界大战爆发前夜被暴徒暗杀，使您万分震惊，陷于悲观绝望的境地。

　　国际上的风云更是变幻莫测。您追随饶勒斯信仰社会主义，成为法国进步力量的代表人物，您早在1905年就担任"俄国人民之友协会"主席，声援入狱的高尔基和俄国人民的革命斗争。您谴责殖民主义和种族主义的罪行，揭露所谓的"黄祸"论，在列强瓜分中国的时代为中国人民仗义执言。苏联十月革命之后，您全力支持新生的苏维埃政权，带头签名抗议帝国主义国家对苏联的封锁，列宁在1919年12月5日召开的《全俄苏维埃第七次代表大会》的报告中说过："在声明下面第一个签名的是阿纳托尔·法朗士……共计有七十一个全法闻名的资产阶级知识分子。他们反对干涉俄国内政，因为实行封锁和采用饿死的政策会使儿童和老人死亡，这从文明的角度来看是不能容许的，他们不能容忍这一点……知识分子的叫嚣声比他们的力量高千百万倍，可是他们是一个出色的晴雨表，标示出了小资产阶级和彻头彻尾资产阶级舆论的倾向。"

1924年，阿纳托尔·法朗士在自己的书房里，就在这一年，他离开了人世。

无产阶级的领袖列宁高瞻远瞩，从阶级斗争的高度纵论天下大势，乃是理所当然、不容置喙。法朗士先生，我只是在感情上有点为您抱屈。您为社会主义事业奋斗了数十年，归根结底只是"资产阶级舆论"的"晴雨表"。您虽然表示敬仰马克思，但您作为资产阶级知识分子，永远不可能得到信任，只能成为随时可能被抛开的"同路人"。在十月革命五周年的时候，您还发表了《向苏维埃人致敬》，表示相信"在人民为自己建立起来的政府里，找到了毕生追求的真理"。可是1922年11月在莫斯科召开的共产国际第四次代表大会，却要求法共进行清洗，开除那些"凭兴趣入党的""在法国为数极多的"知识分子，宣称共产党需要"真正的无产者"。此时您已年过古稀，健康恶化，受到如此沉重的打击也无力辩护，只能从此不再为共产党的报刊撰稿。

为什么自己赤诚待人，却始终被别人视为异己？您百思不得其解，只能在最后一部回忆录《如花之年》的《后记》里无可奈何地叹息："我只能说我是真诚的。我再说一遍：我热爱真理，我相信人类需要真理。但是毫无疑问，人类更需要谎言，因为谎言能欺骗和安慰他，给他以无限的希望。如果没有谎言，人类就会在绝望和厌倦中灭亡。"这句发自肺腑的自白，是您对这个充满谎言的世界的鞭笞和控诉。

1924年10月12日，您离开了这个是非混淆、黑白颠倒的世界。您在弥留之际一再呼唤"妈妈……"，也许只有她会倾听您的心声。您去世之后，苏联报刊认为您在政治上只是一个革命的同路人，从无产阶级文学的角度来看，也不是苏联要学习的典范。法朗士先生，您如果活得更加长久的话，就会知道作为"同路人"是多么值得庆幸！因为苏联共产党内的无数知识分子，尽管对党赤胆忠心，最后却不是发配劳改就是监禁处死，就连高尔基本人也死得不明不白。相比之下，"自己人"的命运比"同路人"远为悲惨，真是永远说不清的千古奇冤！

幸运的是您出生在法国，法国政府和人民为您举行了隆重的国葬。法共没有理睬共产国际的指示，还把苏联提倡的无产阶级文学撇在一边，给予您高度的评价。法共主席加香指出："阿纳托尔·法朗士不仅是一个文笔极其优美的作家，而且也参加了战斗和政党。"尽管法共内部的宗派分子污蔑您"是一个蹩脚的作家和可疑的公民"，超现实主义者更辱骂您是"一具死尸"，但他们再也无法伤害您了。

除了在小说创作和政治活动方面的成就之外，您还是一个出色的评论家。您的评论不受任何理论的束缚，不拘泥于任何规则，而是凭自己的印象有感而发，形成了崇尚真善美的人道主义批评。您的评论坦率真诚，并不讳言名家的缺点，然而您一旦认识到批评失当就会勇于改正。您这种襟怀坦荡的风格，对于今天缺少公正批评、溢美之词泛滥的中国文坛来说尤为可贵。您的评论语言简洁流畅，90年代我在《读书》杂志上开辟了专栏《远眺巴黎》，每月一篇两千字的随笔，写了七八年之久，这种写作风格与您的影响也是分不开的。

亲爱的法朗士先生，您热爱生活，酷爱读书和旅行，也经历过种种艳遇，如果不是卷入政治旋涡的话，您也许会轻松愉快地度过一生？您与相知相爱的卡亚菲夫人保持了长达二十年的真挚爱情，她去世时您六十五岁。不久，三十五岁的美国女演员嘉瑞夫人就深深地爱上了您，然而您却因年龄差距过大而有意疏远，以致这个痴情女子竟吞服安眠药自杀身亡，使您悲痛莫名。但也由此可见您并未把爱情当做儿戏，比起当代比比皆是的性爱交易来要远为高尚。也正是您不愿游戏人生，才如此忧国忧民，在丰富多彩的一生中创作了多达四十卷的作品。

法朗士先生，您的作品是属于全人类的文化遗产，您的为人治学都是我学习的楷模。2014年是您诞生一百七十周年和逝世九十周年，到时候我再写怀念您的文章，今天就写到这里吧。

愿您的灵魂安息。

无比景仰您的后学　吴岳添　敬上

2011年12月20日

穿越时空求教袁世凯

马勇

袁世凯（1859年9月16日—1916年6月6日）

字慰亭（又作慰庭），号容庵，河南项城人。北洋军阀首领，在辛亥革命后当选为中华民国第一任大总统，建立中国第一支近代化新式陆军，创立近代司法和教育制度。期初修改《中华民国临时约法》，颁布《袁氏记法》并修改《大总统选举法》等，后称帝，年号洪宪。1916年（中华民国五年）3月22日，袁世凯被迫取消帝制，恢复"中华民国"年号。

马勇：1956年生人，中国社会科学院近代史所研究员，从事近代中国文化史等研究。著有《超越革命与改良》《从戊戌维新到义和团》《1898年中国故事》《1900年尴尬记忆》《1911年中国大革命》等。

项城袁公世凯先生：

　　自你大行前后，中国思想界中的一些人为了反对你的帝制自为，创办了《新青年》，几年时间由此衍生为声势浩大的新文化运动，中国的文化面貌由此发生极大改观，我们现在应该怎样称呼你？是袁大总统，洪宪大帝；是称你，还是称您；是称袁项城，还是直呼其名径称袁世凯，这都成了问题。我们现在已经将原来的许多称谓放弃了，不用了，所以在很多时候，只有很不敬地直接称呼你袁世凯，否则我们的读者看不懂，也不知说的是谁。这一点还请你宽宏大量想开点。

　　这几天，我就在你的安息地安阳参加"辛亥革命与袁世凯"学术研讨会，这个会既是为了纪念辛亥革命一百周年，当然主题也是研讨你在这场巨变中究竟具有怎样的作用。在这个群贤毕至的会议上，大家提出许多有意思的疑问，有的从研究者来说，好像能够定论；有的则觉得很难说清，或者很难揣摩出你的真实用意。这些事情对你来说，或许是当局者迷，也不一定清楚；或许你一语就能道破事情的真相、问题的本质。值此困惑之际，《文史参考》主编有一个令人神往的天才创意，希望穿越时空和你进行一次对话，就一些问题交换看法，所以我就将这次会议上一些问题稍作梳理，希望能够用这种特殊形式获得一些心灵上的启示。

　　现在的研究者已经不像过去几十年那样不太讲道理地将你定

身着戎装的袁世凯。

现行的春节历史很短，1913年，袁世凯批准以正月初一为"春节"，并同意春节例行放假。

性为"窃国大盗"，不再恶意猜测你在辛亥年的想法和作为，比较接近一致的看法认为你在武昌事变后的言论与行动是大致可取的，至少体现了一种君子风度，大难当头勇于担当，不计前嫌出山拯救即将崩溃的大清王朝。当然，现在还有很多研究者不能理解的是，你在这次出山之后，究竟是否利用南方革命党的力量去打压朝廷，攫取更大权力？是否用朝廷的力量打压南方革命党，并用逼退清帝作为与南方革命党交换的筹码，直至将大清王朝变成自己的天下，由自己出任中华民国大总统？

我们当然知道，你平生最强调对朝廷的忠诚，强调世代报恩的观念，你在出山之初也确实说过只知君宪不知有他，只有重回君主立宪道路才是中国的正确选项。在你的指示和指挥下，湖北军政府和那个黎元洪、黄兴，也确实被你的诚意所折服，一度承认重回君宪，重建秩序，恢复和平。这确实为和平解决政治危机提供了一个难得的契机。

大约正如你当年就指出的那样，武昌危机以及此后的六省独立，直至十四省独立，表面上都是给朝廷为难，是向朝廷独立，但仔细分析其本质，他们这些行动都是因为那年5月出现的皇族内阁和铁路国有干线两个重大政策引发的不满和抗争。当然，事情的真相现在已经很难复原了，你和你的同僚或许真的认为铁路干线国有是一项基本正确的政策选择，对于中国铁路健康发展非常重要，因此在出山前，你也曾对这项政策给予认同和支持，出山后也没有在这件事情上大动干戈，只是从组织上处置了办事不力、不懂政治的盛宣怀，并没有触及铁路干线国有政策的核心。你的政策重心在皇族内阁，你好像也不太认同由这批皇族成员组成一个清一色的亲贵内阁、权贵内阁，因为从你后来授命筹组的新内阁名单看，你还是比较倾向于责任政治、有限授权，倾向于专业的、精英的政治组合。只是现在大家比较困惑的是，为什么在真正意义的责任内阁出台后，在南方比如黎元洪、黄兴等造反者大致能够接受重回君宪之后，大清王朝还是没有起死回生，还是走上终结、走进历史了呢？

现在有一种解释是这样的，不知对否：责任内阁宣布后，政治转机确实出现，不过，责任内阁只是实行君宪的第一步，君宪的第二步或者说关键其实是由责任内阁组织全国大选，筹组正式国会，直至正式国会召集，由正式国会选举新的责任内阁，方才完成真正意义上的君宪。因此现在相当一批研究者认为，原本有希望和平解决的政治危机，最后走向失败，可能就是因为皇族、满洲贵族在正式国会选举问题上不愿再让步。

按照预备立宪规划，正式国会召集前的过渡形态是资政院，资政院的两百个议员有一百个是各省咨议局民选，这一部分没有问题，问题出在另外一百个"钦定议员"。这些钦定议员有军功贵族，有纳税大户，有博学鸿儒，这一部分也没有问题。据说问题主要出在那为数并不太多的各部院大臣或王室、或亲贵这部分名额，他们担心将这一部分指标也放到各省竞选，这不仅有碍于他孙中山，1911年辛亥革命后被推举为中华民国临时大总统，后将大总统职位让给袁世凯。

们的尊严，最主要的是他们有个基本判断，他们很可能无人当选，选民们仅仅出于对贵族政治的天然敌视，就不会赞成这批贵族继续当政，就会用选票将他们拉下来。所以满洲贵族就此进行殊死抗争，不再妥协，终于使原本极有希望的君主立宪功亏一篑。这当然非常可惜，许多人认为这是后来民国政治长期困扰动荡的一个根源。

研究者的困惑当然不在这里。研究者的困惑在于，你和你的同僚那么聪明，既然能够软硬兼施让南方独立各省大致同意重回君宪，为什么没有为满洲贵族设置一个退出机制呢？在家天下的政治背景下，大清王朝毕竟只是人家爱新觉罗家族的天下，这些满洲贵族的祖先们毕竟是跟随爱新觉罗打天下坐江山几百年了，几百年已经习惯于政治的、经济的特殊权力，你们想用君宪去换取他们的权力，为什么没有替他们设计一个替换程序？为什么没有想过一个政治上、经济上的赎买政策呢？

满洲贵族没有接受正式国会的召集方式，这就逼着中国政治转向，特别是在南北胶着大半年时间里，满洲贵族不知退让、不知权力分享，这应该是段祺瑞等新军将领愤怒的根源，也是放弃君宪转向共和的关键。现在研究者大致能够认同这种转变的合理性,大家不太明白的只是,段祺瑞等人带有威胁性质的共和呼吁,特别是段祺瑞等新军将领带有"黄袍加身"性质地拥戴你为新政府大首领,这在多大程度上带有你的暗示?假如没有你的暗示,段祺瑞们敢这样猖狂向朝廷叫板吗?

从现在已有文献推测,当然无法得出段祺瑞们是由你指使的结论,但是我们不会忘记,你十几年前就对谭嗣同说过,你带兵的基本原则是训练这些官兵对朝廷的忠诚,政治上的训练大于或者说不小于军事上的训练。既然如此,为什么会在你一手调教的新军中出现这样的事情,这是否意味着你在三年赋闲后,已在事实上失去了对新军系统的绝对控制呢?还是你个人也认为继续指望满洲贵族退让已经不再可能,你们那一代中国人追求十几年、奋斗十几年的君主立宪只有这样毁于一旦呢?

当然,我也注意到段祺瑞在将中国政治带到另外一条轨道去的同时,也为清廷、为小皇上、为皇太后作了充分考虑,因此方才使孙中山等革命党人鼓吹十几年的"驱逐鞑虏"在这次政治转折中了无声息趋于消逝,鞑虏们没有像几百年前的"蒙古鞑子"被赶往东三省,这不仅历史性地解决了一个王朝如何退出的重大难题,而且在不经意间达成"满汉蒙回藏"五族共和的政治共识。这一点确实为后来的现代民族国家贡献巨大,为20世纪中国政治留下了一个巨大的想象空间。假如不是你和新军将领们如此智慧地解决问题,假如真的将鞑虏们驱逐出去,那么后来固然不会有满洲国,只是东三省到了20世纪30年代,究竟会发生什么样的变化,会得出什么样的结果,恐怕真的很难说了。大政治家一念之间确实深刻影响历史进程,南北和谈中究竟怎样从驱逐鞑虏转向五族共和,现在的研究者确实不太容易弄清了。这也是辛亥革命研究

《1911年中国大革命》

马勇 著

社科文献出版社

2011年5月出版

这是辛亥百年图书中比较热门的一本。全景式鲜活而丰富地讲述百年前的那场中国大革命，书中有很多新鲜的观点，比如说马勇认为清朝的真正掘墓人是自己，而非革命党人或立宪派。

和对你的研究中一个比较困惑也是比较吸引人的地方。

南北和谈在各方妥协下终于比较完满地解决了纷争，除了大清帝国退守紫禁城略有损失外，辛亥参与各方其实大致上说各得其所，只是我们今天稍有不明白的是，你和你的新政府同僚既然如此恭维孙中山，那么为什么不在民国之后的政治架构中容纳孙中山和他的那些同志呢？从后世的眼光看，宋教仁被杀当然是一个悲剧，这件事情不管是谁干的，其实都将刚刚建构的民主共和架构打开了一个缺口。而孙中山之所以借着这件事起兵大闹，除了宋教仁血案这个直接理由外，难道没有因为你们太过于无视孙中山等人对民国的贡献？你们为什么不能将孙中山纳入体制，为什么不能劝说孙中山像宋教仁一样参与到民主政治建设进程，成为有意义的建设者呢？

而且，还有一点很值得讨论，那就是当中华民国创建后，你和你的同僚为什么在民国法统中没有为南京临时政府保留一点法统地位呢？孙中山十几年来自以为独创的三民主义、五权宪法和军政、训政、宪政三阶段论为什么根本不入你的法眼，从来不被提及呢？

许多研究者在讨论1912—1916年的中国历史时，真的感慨万千，亚洲第一个共和国为什么这样多灾多难，刚刚成立就走向解体，你对共和的誓言言犹在耳，为什么急不可耐选择帝制走向独裁呢？后来的历史证明，你可以实行事实上的独裁，但你不能戴上那顶哪怕只是名义的皇冠。聪明一世的袁大总统已经做到终身总统了，而且一再重申无意于帝制，为什么到了后来还是把持不住自己呢？

　　历史无法遗憾，无法后悔。我在阅读洪宪帝制史料时，深切感觉到自从你住进紫禁城之后，直觉开始变得很迟钝，你不太知道外部世界的真相，你开始用想象代替真实，再加上权力独大宵小恭维，使你逐渐错误地以为自己就是神、就是救世主，你先前一再宣称要做中国的华盛顿，要为中国开新局，你要是真的做到这一点，不仅你个人在中国历史、在世界历史上的地位要改写，中国的历史面貌也肯定不一样。为什么一个人可以聪明一世，到了关键时刻就糊涂一时了呢？看来，'制度，只有制度才能保证一个人不出错或者少出错。一个人无论有多大能耐，个人智慧、个人承诺都是靠不住的。这应该是洪宪帝制带给中国的最大教训，不知袁大总统以为然否？

　　专此，敬颂

　　在另一个世界安宁

一个专职研究你生平业绩的人
2011 年 12 月 11 日清晨于安阳旅次

致张元济前辈

俞晓群

张元济（1867年10月25日—1959年8月14日）

中国出版家。

字筱斋，号菊生。原籍浙江海盐。光绪壬辰（1892年）进士。曾任总理各国事务衙门章京。1901年，以"辅助教育为己任"，投资商务印书馆，并主持该馆编译工作。1903年任该馆编译所所长，1916年任经理，1920—1926年改任监理，1926年任董事长，直至逝世。精于版本目录学，所著《涵芬楼烬余书录》《宝礼堂宋本书录》《涉园序跋集录》等，集近代目录体例之长，又检录綦详，已成为现在古籍鉴定援引例证之一。此外，还著有《中华民族的人格》《校史随笔》《张元济傅增湘论书尺牍》等。

俞晓群：出版人。1993年任辽宁教育出版社社长兼总编辑，2009年6月任中国外文局海豚出版社社长。主持策划出版"国学丛书""书趣文丛""新世纪万有文库""海豚书馆"、《中国读本》等，著有《人书情未了》《这一代的书香》《前辈——从张元济到陈原》《蓬蒿人书语》等。

张元济先生：

您在我的心目中，在中国近代出版史上，是唯一一位称得上"大师"的人物。在这里，"唯一"二字，是我经过认真考量，才得出的结论。近代出版界的众生之中，谁可以与张先生比肩呢？论出身之清末进士、六品朝官？论经历之"百日维新"核心人物？论业绩之开创商务印书馆百年伟业？论学识之版本学研究"天下第一人"？论文化交流之引进西学、开辟草莱？论交往之面见过五位"中国一号人物"光绪、孙中山、袁世凯、蒋介石、毛泽东？论集聚人才之商务印书馆曾经出现三位总理级的人物郑孝胥、王云五、陈云？论志向之以"昌明教育、扶正天下"为己任？……对比一下，在同时代，我们确实找不到一个可以与张先生相提并论的人物。即使在今天，人们仍然在说，张先生堪称"天下第一完人"，张元济不可追！

两年前，我写过一篇文章《张元济：根植于民间的出版大师》。文中分为六个题目，前五个题目都是在说好话，说张先生是一位跨时代的人，一位"喜新厌旧"的人，一位"敢为天下者先"的人，一位"版本学天下第一"的人，一位高尚的人，云云。一路赞扬下来，到了第六个题目，却留下一个"尾巴"。我说，张先生还是一位"充满矛盾"的人。

张先生，说句实话，写下最后一个题目，我确实有些胆怯。倒不是怕伤害您"完人"的形象，只是觉得，将"矛盾"一词用在您的身上，有些不恰当。那么用"困惑"一词如何？感觉依然不好。作为一位大师级的人物，您做事的风格充满了智慧与主导性，何谈矛盾或困惑呢？思来想去，我突然悟到，目睹您的人生历程，确实存在着矛盾与困惑，但那不是您行为的徘徊，也不是您思想的波折，而是我们这些后来者的理解与解读，产生了视觉的误差。换言之，您是矛盾与困惑的制造者，却不是承受者；我们在阅读您的时候，自觉不自觉地承受了您赋予历史的重压。正像一位技艺高超的艺人，他在表演惊险动作的时候，自己轻松自在，游刃有余，观众们早已经被吓得心惊肉跳、呼天抢地了。我想，大师与凡人的区别，就在这里。

落笔及此，我愈发觉得自卑起来。当这种感觉无以表达的时候，内心中却涌现出一个时下走红的怪词："纠结。"我本来是一个最不愿意用新词的人，我坚信陈原先生的观点，汉语中的词汇已经够多了，有旧词可用，一定不要再造新词。这一次我投降了，当我叙述张先生的所谓"矛盾与困惑"的时候，我实在找不出一个恰当的旧词概括。真纠结啊，于是，我在不得已的情况下，请出"纠结"二字，用它来命名张先生人生经历中的某些事情，竟然找到许多共性的本质。

张先生，您人生的第一个纠结，发生在您二十几岁的时候。那时，您曾经是"戊戌变法"的核心人物。清末的时局，如您所描述："大厦将倾，群梦未醒，病者垂毙，方药杂投。"作为一个有才学、有志向的年轻人，您很受光绪皇帝的重视。就在颁布变法后的第六天，光绪皇帝分别召见两个人物，正是您与康有为先生。您在总理衙门供职时，光绪皇帝喜欢看新书，差不多天天有条子到衙门里要书，大多是您为之承办。但是，那场血腥的失败，彻底改变了您的人生道路。

"戊戌变法"失败后，经李鸿章介绍，您来到上海交通大学的前身南洋公学，出任译书院院长。不久，您辞去公职，加盟到几位印刷工人集资合办的商务印书馆，从此处身民间，坚持弘扬文化，回避政治，以"普及教育，开启民智"为一生追求，立下"名不入公门"的人生信条。

我想，一定是谭嗣同先生等六君子喋血街头的惨象，永远定格在您的眼前；一定是清朝那条"革职永不叙用"的处分，成为您人格尊严的界碑。后来，朝廷下令，让您官复原职，您拒绝了；张百熙推荐您为邮传部参议，还有外务部、学部、度支部诸职，您拒绝了；宣统年间，袁世凯请您出任学部副大臣，您拒绝了；民国时期，熊希龄请您出任教育总长，您拒绝了；1949年1月，李宗仁登门拜访，请您出任国民党谈判代表，去北平与中共谈判，您还是拒绝了。

张先生，您人生的第二个纠结，发生在辛亥革命时期。历史记载，在那个大变革的时代，您犯了两个著名的"错误"。一个是在1911年辛亥革命的风口浪尖上，有人劝您认准时局，顺应时代变化，抓住机会，赶紧修改旧教材。您却认为，清室二百年基业，绝非眼下的革命浪潮可以动摇，所以教材暂时不必修改。结果，让更有政治远见和商业头脑的陆费逵先生钻了空子。陆先生开始另起炉灶，编写新教材，才有了后来中华书局的兴起。

还有一个"错误"发生在1919年，您主持的商务印书馆拒绝出版孙中山先生的《孙文学说》。为什么？您解释说，由于"官吏专制太甚，商人不敢对抗"；出于商业考虑，为了保护商务印书馆

《张元济全集》（共十卷）
商务印书馆

全集收录了张元济一生最全面的文字。第一卷于 2007 年 9 月出版，第十卷于 2010 年 11 月出版。包括书信、诗文、日记以及古籍研究五类。对我国出版历史、发展及研究有重要借鉴价值。

的安全，不得已而为之。孙中山先生却斥责说，商务印书馆是"保皇党余孽"。直到今天，仍然有人说，您的头脑中有"庙堂意识"在作怪。是这样吗？我觉得，如果说您留存的那枚印章"戊戌党锢孑遗"，只是一种历史的存念，那么在上面的两段故事中，还是可以读出，您的内心里，有对于旧日王朝的眷恋。

张先生，您人生的第三个纠结，发生在您"回避政治"的问题上。不肯出版《孙文学说》惹的麻烦，并没有改变您的处世理念。长期以来，您始终坚持回避政治、不与政府作对的原则，成为老商务印书馆的一个传统。有名的事件如：1928 年您怕惹麻烦，拒绝出版陈独秀先生《中国拼音文字草案》；1938 年《鲁迅全集》的出版，也与商务印书馆擦肩而过。对于这样做的原因，您一贯解释为商业利益的需要。但是，直到今天，还有人拿邹韬奋先生的生活书店与您比较，甚至批评历史上的商务印书馆，为了保全商业利益，麻木不仁。

其实像张先生这样的人，如何回避得了政治呢？当"五四"时期，陈独秀先生等人批评商务印书馆流于低俗、因循守旧的时候，您一方面在馆内大力更换新人，紧随时代潮流，甚至请胡适先生来编译所主持工作；另一方面四处找寻新派人物，编印新书。在

1918年,您应蔡元培先生之邀,到北京大学座谈,曾经与陈独秀先生等人讨论,请他们编一套通俗教育的书五百种,不以赢利为目的。1921年,您让茅盾先生面见陈独秀先生,以每月六百元之高薪,请他进编译所;这个标准,比编译所所长的工资几乎高出一倍。同年,您请胡适先生开列一个"常识丛书"书目,胡先生列出二十五个题目,您在审读时,删去《袁世凯》一册,加入《过激主义》或《布尔斯维克》。1933年9月,您曾经在庐山,当面向蒋介石求情,劝阻他不要查封邹韬奋先生主编的《生活周刊》,蒋介石为此事还专门给您回复一封信,但还是在三个月后,封掉了《生活周刊》。1948年,中央研究院召开第一次院士大会,蒋介石等高官都到会了。您作为年龄最长的院士,被礼节性地请到台上致辞。您以"刍荛之言"为题演讲,呼吁和平,反对内战,强调民族复兴,国家安定云云。会后胡适先生送您回驻地,胡先生说:"菊老啊,今天是中央研究院的喜事,你的讲演多少有点扫兴啊。"据说您当即瞪起眼睛,怒视胡适先生,拒不与之握手,独自步入卧室。

张先生,您人生的第四个纠结,发生在引进西学上。其实,您是一位地道的"国学大师"。在版本学上,您曾经对王云五先生说:"余平素对版本学不愿以第二人自居。"您六十岁之后,开始对《四部丛刊》《续古逸丛书》《百衲本二十四史》和《丛书集成》校勘。后人对此项工作评价极高,说它们可与《永乐大典》《古今图书集成》和《四库全书》媲美。王绍曾先生说您是"继乾嘉校勘大师王、钱之后,在史学上贡献最大的一个人"。王先生还总结您校史书的十五个特点:重缺疑,补缺脱,订错乱,厘卷第,校衍夺,斠臆改,证疑文,辨误读,勘异同,存古字,正俗字,明体式,决聚讼,揭删窜,匡前修。周汝昌先生说您古籍整理的功绩,是"一

《前辈：从张元济到陈原》

俞晓群 著

上海书店出版社

2011年8月出版

资深出版人俞晓群在这本书中对现代十一位出版家做了一番考察和理解，从一个爱书的出版人角度，讲述了张元济、王云五、邹韬奋、陈原等前辈出版人的故事。

人之力，可以抵国"。

但是，虽然您的身上缠附着那么多历史的牵挂，虽然您是一位地道的国学大师，您并没有沉睡于旧日时光之中。恰恰相反，您却一再声称自己"平生以喜新厌旧为事"，对于引进西学，几乎投入毕生精力。您从三十岁开始学习英语，后来达到正常交流的程度。您从出版严复、林纾译著起步，形成了商务印书馆百年译书的传统。您作为一个精明的出版家，竟然为翻译图书的出版，定位为"以不亏本为准则"。您还资助一些引进西学的活动，像罗素先生来华的费用，都是商务印书馆出的钱。为此，甚至有人戏称您为"二毛子"。我也觉得，您译书的行为，有悖于一个商人的行为准则，好像是在做一项公益事业。如果我们深究您的思想根源，我还是想到您早年的那段政治生涯。戊戌变法，光绪皇帝约您面谈，其中一句"外交事关重要，翻译必须讲求"，还有光绪皇帝对于阅读新书的渴望，一定让您终生难忘。更重要的是，那时您把中国落后的原因，正是归咎于文化封闭，闭关锁国。您在一首诗中写道："我国有史四千载，步步陈迹只相因。欧风美雨猛澎湃，东来豁出新乾坤。"

张先生，您人生的第五个纠结，发生在1949年12月。一生坚持"名不入公门"的您,却接受了毛泽东的任命,出任华东军政委员会委员。此后,又出任上海文史馆馆长、全国人大代表等职。这究竟是什么原因呢?难道在您的心中,谭嗣同先生的血迹已经淡去了?不是。在1958年,也就是您去世的前一年,当顾廷龙、蔡尚思等人去您的家中,请您鉴定谭嗣同先生手迹的时候,您一面鉴定,一面用手在颈间比画,表示谭氏是被戮就义,忽然又气急难言,老泪纵横。一生的痛啊,怎么会一朝化解呢?

坊间流传的故事很多,有说是您主动向共产党申请,将商务印书馆公私合营;有说是您曾经多次拒绝那些任命,不得已而为之;有说是您曾经为了商务印书馆的生存,向当时的上海市市长陈毅借钱,遭到拒绝;有说是您在商务印书馆工会成立大会上发言时,发生一些事情,您突然晕倒……究竟如何呢?说不清楚。我只记得1930年,你致信胡适先生说:"现在人人都想做孔子诛少正卯,又要将那两千年前的故事扮演一回,恐怕革命成功之后,统一专制局面又要回来了。"1932年,您又给胡适先生的信中写道:"近人将以党、国并称,弟窃恐二字不能并存,且恐并亡。"所以您才摒弃国民党,垂青于号称将"民主治国"的新政。

纠结啊纠结,张先生的一生,就这样走到尽头。前些天读陈毅将军的故事,其中一段写道,在陈毅担任上海市市长时,有一次开市委会,工作人员进来告诉陈毅说:"刚才张元济先生来了,因为您在开会,我把他打发走了。"陈毅马上宣布休会,追出去,将尚未走远的您又请了回来。有这故事吗?应该有吧。不过我还读到一段陈毅将军与您的对话,不知是真是伪,但那段内容却精彩至极。您为了商务印书馆,试图通过陈毅市长,向人民银行借钱二十亿。陈毅回答："编辑只愿搞大学丛书，不愿搞通俗的东西，这样不要说二十亿，二百亿也没有用。要你老先生这么大年纪，到处轧头寸（指借钱），他们就是坐着不动，我很感动，也很生气。我不能借这个钱，借了是害了你们。"

谨此，搁笔。

俞晓群

致梁任公

邵建

梁启超（1873年2月23日—1929年1月19日）

　　近代思想家、文学家、学者。

　　字卓如，号任公，又号饮冰室主人、饮冰子等。广东新会人。被公认为中国历史上一位百科全书式的人物，而且是一位退出政治舞台后仍能在学术研究上取得巨大成就的少有人物。学术研究涉猎广泛，在哲学、文学、史学、经学、法学、伦理学、宗教学等领域均有建树，以史学研究成绩最为显著。1936年9月11日出版的《饮冰室合集》计148卷，1000余万字。影响后世深远的有《中国近三百年学术史》《中国历史研究法》等。

邵建： 南京晓庄学院人文学院副教授。主要从事知识分子研究。著有《瞧，这人——日记、书信、年谱中的胡适》《知识分子与人文》《文学与现代性批判》《胡适与鲁迅》等。

任师夫子大人钧鉴：

在一个有了互联网而书信难得的时代，我居然重拾对自己来说久违了的书信，而且寄达者是您，一个长眠于另一世界已八十多年的人——梁启超梁任公先生。也许您一定会惊讶，但事出有缘。这是一个不错杂志的不错创意："每个人都有属于自己的精神偶像或是喜欢的历史人物，他们的精神传承与言行风骨也许是我们这个世界最宝贵的财富。如果有机会给他（她）写一封信，或请教、或探讨、或倾述、或聊天……这是一次思想的对接和碰撞，也是一次心灵的穿越和交流……"我生平没有偶像，但有自己喜欢或敬重的人物，比如胡适之先生，比如您。所以，当编辑朋友邀约时，便一口应允下来。许是编辑朋友知道我出版过胡适的书，征询我是不是准备写胡适并作这样的建议时，我说我准备选择的是梁任公。梁，还是胡，这都不是问题。不过，我已经为胡适先生写过不止一本书的文字；而且就我读胡而言，回顾起来，更多产生的是认同与欣赏。但，读梁不然，尤其是您那些表达政治思想的文字，如同箭镞，穿越世纪的隧道，直击百年后的我，并由此塑造了我个人对 20 世纪这一百年的看法（在此，我内心深存感戴）。何况，由于知识界经年努力，胡适业成显学，尽管胡学还有更多深入的空间。但任公先生您，几乎还被旁落在冰冷的历史之外。尤其是您启迪了一个世纪却无从发生作用的宪政思想，即使放

《新青年》
　　1915年9月15日在上海创刊，是20世纪一二十年代中国一份具有影响力的革命杂志，在五四运动期间起到重要作用。该杂志发起新文化运动，倡导民主和科学。

在今天，依然熠熠闪光，有着直接的现实启发意义。因此，当我要给一位我所敬重的先贤写信时，我选择的是您，也只能选择您。

　　任公先生，诚如您的好友徐佛苏将您的一生业绩裁为四截：一是戊戌维新阶段，二是清末立宪阶段，三是共和以后讨袁称帝和反对张勋复辟阶段，四是退出政治之后的文化学术和讲学阶段。四个阶段的梁任公各具风采，但我独慕1901—1911年清末立宪阶段的您。这不是说维新时期您没有作为，很难忘湖南时务学堂那风卷云舒的日子，但那毕竟是您的老师康有为的时代。您的时代是从1901年的《立宪法议》开始，以后清政府从新政到宪政的十年间，乃是20世纪立宪的黄金时代。这个时代是和您的名字联系在一起的，它由您推发和开启，尽管并非一人之力，但您毕竟是这个时代最重要的启动者和指导这个时代的精神领袖。

　　当然，选择立宪阶段的您下笔，也有我个人的原因。这些天我自己也在琢磨，我受惠于任公的到底是什么。现在可以说，至少这样两点政治学认知，我个人不得不归功于梁。一，解构专制，靠的是宪政而不是民主，民主本身也可以通向专制，尤其是革命民主的路径。二，对于长期有着君主传统的国家来说，最合适的道路是君主立宪。骤然共和，庶几难免共和之乱。

1901—1911年是传统中国跨入现代的第一个十年。经由庚子事变，满清政府势如鲁缟，以待强弩。但在那个时代，满清面对的强弩有二，一是以您和您的老师康有为为代表的清末立宪派，二是以三民主义为代表的孙中山革命派。这是两种不同的政治力量，面对清末专制，立宪派主张"宪政"解决，革命党意欲"民主"解决（抑或"共和"解决）。其区别在于，革命党力图通过革命民主主义，推翻清政府，先革命，后立宪。立宪派的主张是君主立宪，虚君而不革君，以宪政消解专制，并以宪政逐渐推进民主。1905年，这两种政治预案分别以《新民丛报》和《民报》为据点，彼此争论，互相角力。两弩争锋的结果，不独揭开了20世纪中国现代史的序幕，更由此决定了这个世纪一百年的政治走向。

正如我们所知道的历史结果，革命党赢了。辛亥革命一声枪响，结束了二百六十八年的清王朝，但随着旧王朝的倒塌，中国进入一个暴力与革命轮回的世纪。在革命暴力的裹挟中，由立宪派开启的宪政局面反而变得比前清更加维艰、路途也更加迢遥。20世纪从孙中山的旧民主主义革命，到新文化运动为发端的新民主主义革命，两次革命，一次比一次激进。但，历史结果如何？以民主为诉求的革命，不但没有解决也无以解决专制问题；相反，这个民族正是在追求民主的道路上走向新的专制，即把原本可以通过宪政解决也临近解决的皇权专制推进为现代党化形态的威权专制乃至极权专制。因此，这一段历史可以这样具结，以革命党为首倡的民主主义革命，不但错失了宪政，也错失了民主。这是民主的劫数。

然而，任公的精彩在于，我们今天看到的历史结果，当它尚未发生时，任公与革命党的辩论，便有了清晰的预期。还是在

1905年，任公在《开明专制论》中指出"近世国家之分类，大率分为专制君主国，立宪君主国，立宪民主国，吾以为此分类甚不正确。何以故，专制者不独君主国，而民主国亦有非立宪者"。那么非立宪的民主国在政体上是什么性质呢？即民主专制也。自1903年，任公在日本汲取了伯伦知理（瑞士学者）和波伦哈克（德国学者）的政治思想后，对专制有了新的体认，凡是权力都可以形成专制，无论君主与民主。君主不论，民主体制亦有两种可能，它可以是宪政的，也可以是专制的。这是一百年来我们非常陌生的政治学语言，原来专制的对应范畴不是民主，而是宪政（此之谓"专制与非专制，一以宪法之有无为断"）。换言之，如果受到宪法的控制，该政权就是宪政的，哪怕它是君主制。同样，如果不受宪法的控制，这个政权注定是专制的，尽管它可以是民主制。宪政的要义就是控制权力，专制的要害则在于它不受任何对象包括宪法的制约。

明乎此，君主与民主，只是就权力来源而言，无关宪政与专制。君主的权力来自世袭，正如民主的权力来自选举。但，如果用革命的方式推翻君主，必然获得专制。辛亥以后，革命党人纷纷指责袁世凯专制，然而在梁任公看来，这是共和革命的必然结果。1903年任公有《政治学大家伯伦知理之学说》，其中指出"夫既以革命之力，一扫古来相传之国宪……而承此大暴动之后，以激烈之党争，四分五裂之人民，而欲使之保持社会势力之平衡……终觉其主权微弱，不足以拯沉痼疮痍之社会也，于是乎，民主专制政体，应运生焉"。"民主专制政体之所由起，必其始焉有一非常之豪杰。先假军队之力，以揽收一国实权。……彼篡夺者，既已于实际掌握国权，必尽全力以求得选，而当此全社会渴望救济之顷，万众之视线，咸集于彼之一身。故常以可惊之大多数，欢迎此篡夺者，而芸芸亿众，不惜举其所血泪易得之自由，一旦而委诸其手……此篡夺者之名，无论为大统领、为帝王，而其实必出于专制。"这是任公关于"民主的专制"或"共和的专制"的经典表述（来自波伦哈克），试看辛亥之后、20世纪之史，无不应验。

梁任公的政治学来自范属政治保守主义的伯伦知理和波伦哈克，孙氏革命党的政治学主要来自激进主义的卢梭。因为立宪派的介入，激进的辛亥革命并没有产生多大暴力，其弊害在于，它打开了一个世纪激进与暴力的潘多拉的盒子。接踵孙氏而起的是另一场民主主义革命，其领军杂志《新青年》除了在政治学亦标举卢梭和法国大革命外，致命之处更在于它以它的舛错颠覆了梁氏政治学，并造成一个世纪的政治误导。比如比五四还年长的李锐老先生纪念五四时，著文《又谈德先生》，其立论便是"民主的对立面是专制"。李锐老的认知来自《新青年》。1919年陈独秀在专论民主的文章中，声称"民治主义（Democracy），欧洲古代单是做'自由民'（对奴隶而言）参与政治的意思，和'专制政治'（Autocracy）相反。""凡是反对专制的……几乎没有一处不竖起民治主义的旗帜。"（《实行民治的基础》）

这委实是华夏政治学的一幕悲剧，面对专制，不是世纪初梁任公的"立宪政治学"影响了这一百年，而是《新青年》的"民主政治学"左右了一代代心智未齐的青年学生。然而，以陈独秀为主导的《新青年》并不懂政治学，陈本人即一介文人，并未深研政治学之理。只是以热情呼唤民主，并轻视宪政与法治。然而，偏偏是《新青年》的政治热情对年轻人有强大的裹挟力，加上对现实的不满，一代代青年遂走上革命民主主义的道路。然而他们

《新民丛报》

第四年第十五号，1906年出版。《新民丛报》1902年2月由梁启超创办于日本横滨。从创刊到1907年11月停办前后近六年共出版九十六期。编辑和发行人署名冯紫珊，实由梁启超负责，刊物上的重要文章也大都出于梁启超之手。《新民丛报》为辛亥革命前维新派的重要刊物。初期着力介绍西方资产阶级思想政治学说，言论激进，对中国知识界影响很大。至今仍是研究中国近代政治、文化不可或缺的重要刊物。

知道《新青年》，却无知于梁任公。记得我曾经询问一位1925年出生的老人，他是当年上海交大的学生，地下党。我请老人家用词汇回答当年是什么鼓动学生走上这条道路，他的回答是要民主、反独裁、反腐败。我又问当时影响学生的有没有宪政这个词，老人家想了一会儿，迟缓地摇了摇头。只知民主，不知宪政，还是政治上的幼齿，却投身于他未曾明白的政治运动。我虽然非常尊敬这位今天反思已十分透彻的老者，但心中一片苍凉。当《新青年》取代了梁任公，当民主政治学取代了立宪政治学，于是，历史就注定了20世纪的走向，也注定了六十多年前我们的昨天和今天。

这里并非非难民主，而是任公之后的国人陷入了民主的迷思，以为只要通过革命，实现民主，一切问题都会迎刃而解。但，事实不是这样。民主本身就是一种权力，任何权力都有走向专制的本能。不是有了民主就必然宪政，相反，民主反而会遮蔽人们对宪政的认知。正是根据法国大革命的实例，哈耶克在《自由秩序原理》谈法治国的章节中说："既然所有的权力最终已被置于人民之手，故一切用来制止滥用这种权力的保障措施，也就变得不再必要了。"对此，哈耶克的中国弟子周德伟指出：这是"人民主权的理想与法治理想有潜在的冲突"。然而，还是一百多年前，任公

竹篱寒食节微雨澹春意謐謐少而便寐寛今有味空山花勤摇影石水经纬倚枝忽已晚人生本何冀

中吾仁兄 梁启超

梁启超楷书作品，钤印：
新会梁氏（白文）、启超私印（朱文）。款识：中吾仁兄，梁启超就对民主与专制的内在肌理作过深入的剖析。所以,在民主与宪政的价值排序中,任公您坚主宪政优先而非民主优先。并且在任公的立宪政治学里,宪政本身即为一种渐进民主。立宪法,开议会,除了用宪法限制君权,把立法权从君主那里转移到民选的议会那里,这就是民主初步。它不是从全民开始,而是从绅民开始,这委实是一条由宪政带民主的稳健之路。

"宪政之母,厥惟英国",任公先生,这是您在《政治学学理摭言》中的表述。在您看来,英伦,是君主中国走立宪道路的取法对象。但,孙氏革命党取法的是美国,因为美国是共和国。一百年来国人常骄傲于中国是亚洲第一个共和国。这是国人好名的表现,用胡适之先生的话,是"名教"之一种。所谓名教,"是崇拜名词的宗教,是崇拜名词所代表的概念的宗教"。其实,对人作为个体以及个体的权利来讲,宪政远比共和重要。只有宪政,才能保障你的权利;共和哪怕是真正的,却未必能做到宪政所能做到的这一点。因此,当年,共和还是立宪,转换在国家体制的学习对象上,就是英还是美。这是1901—1911十年间摆在国人面前的第一次选择,正如新文化运动之后,中国面临的第二次制度选择是英美、还是苏俄。百年过去,历史给我们留下很深刻的遗憾,为什么我们两次选择都那么错谱,历史并不是没有给我们选择的机会。

英美还是苏俄,这个问题放在今天,已不难理解。但,英还是美,这两者间的差异,时人乃至今人,未必看得清楚。英是君主立宪,美是共和立宪,在立宪相同之外,差异便是君主与共和(民主)。那么,选择前者还是后者,一个基本考量,便是中国自己的国情。任公所以主英不主美,盖在于中国国情近于英而别于美。因为中英两国都是君主体制,而且中国比英国有着更为漫长的君主

梁启超一生留下了大量的书迹，有数百幅碑帖，题跋、书跋、画跋和难以胜计的未刊书信，还有用各种字体创作出的不同形式的书法作品。这些在不同目的、不同环境中写出的书迹，多是法度严谨、端庄刚健之作，既具有较高的学术价值，又具有较强的审美价值。

历史，且无有一日北美那种殖民自治的传统，故立宪之路，理当走英，让宪政在自己的传统里诞生。设若一意走本土传统中没有的美式共和之路，方枘圆凿，非但共和不得，反添无穷混乱。但，学英还是学美，1905年，孙中山对梁任公有过这样的讽刺："中国可以一蹴而至共和，不必由君主立宪以进于共和。如铁路之汽车始极粗恶，继渐改良。中国而修铁路也，将用其最初粗恶之汽车乎，抑用其最近改良之汽车乎。"呜呼，孙氏中山，就政治体制言，君主立宪与共和立宪，本无优劣好坏之别，北美又何以凌越英伦。再，北美殖民者正是来自英伦的清教徒，他们带去了英伦的传统，又因地制宜，这才创建了自己的国家。没有英伦，何来北美。即以北美论，当年汉密尔顿等人担心共和体制易发混乱，曾主张宪政框架下的君主制而非民主制，只是最后未通过。但，北美既可君主，亦可民主，只是它能做到的中国却未必能，如果缺乏相应的历史条件的话。美国共和来自各殖民地一百多年的自治，皇权制度下的中国，两千多载，曾有一日公共自治乎。况就共和言，国民资格亦根本不够。一个四万万人只有一万人识字亦即四万人只有一个人识字的国家，可以说共和就共和吗？就这一万识字人而言，只会诗云子曰，但连地球形状是圆的都不知道（此亦任公之言），没有相应的现代知识，这样的国家包括这样的民众可以说民主就民主吗？以美式共和，施以当时中国，亦即推翻一个皇帝，"用四万万人来做皇帝"，这样的共和如不是利用民众以逞其野心，便是地地道道的政治激进主义，非为任公所取。

  任公的失败，便是共和主义的成功。然而，共和激进主义成功之后，旋即陷入时局的混乱，此亦符契于任公事前之所预言。在共和派眼里，清末是专制，北洋也是专制，但可以比较的是，同为专制，清末十来年没有什么动乱，北洋十多年，不但政局乱象纷呈，且波及社会，导致割据与战祸绵延久远，以致一再被打着民主旗号的不同政治势力所利用。共和致乱，且为乱源，不独北洋如此，这原本就是一个世界性的现象。如果可以比较一下现代以来的欧洲历史，那些君主传统的国家，只要是走君主立宪道路的，两三百年，无不安定和平。相反，君主立宪制颠转共和，一旦脱失自己的传统，却无常陷入周期性的扰攘与动荡（更有甚者，20世纪的苏俄极权、意大利法西斯和德国纳粹等，都是也只能是共和的产物；正如你无法想象，即使是君主专制，都无从产生这制度邪恶的德、意……）。更无论那些地球版图上的亚非拉，多少共和国其实就是军政府，伴随共和名头的，无不是那眼花缭乱的政变与篡夺。

　　任公先生，我们是历史的后来者，已不难看到这一点。回顾您和您的老师康有为，当时即屡以法国为例、以中南美为例，泣血告诫国人只可君宪，万不可共和。但"知音少，弦断有谁听"。孙氏同盟会和一脉相承的《新青年》，一致标举法国及其大革命，殊不知，这正是君主传统国家学美不学英的反面镜鉴。您的老师康有为特撰《法国大革命记》以警之。和古老的华夏一样，法兰西亦有一千多年的君主传统，但它偏偏效法一天都没有存在过君主的美利坚。结果从1792年第一共和始，不但架起了断头台，而且延祸近八十载，一直到1870年第三共和才稳定。其间经历了两次波旁王朝的复辟，又穿插了两次拿破仑叔侄的称帝。如果它能持守1789年后吉伦特派的君主立宪格局，法兰西的宪政史也不致那么漫长和血腥。比较一下海峡对岸一百年前波澜不惊的"光荣革命"吧，这其实正是任公您"宪政之母，厥惟英国"的引渡苦心。

忆及1913年，康有为在上海办一杂志，名《不忍》。虽已民二，康犹认为"共和政体不能行于中国"，在其创刊词中曰："见诸法律之蹂躏，睹政党之争乱，慨国粹之丧失，而皆不能忍，此所以为不忍杂志。"悠悠世纪，苍狗白云，吾生也晚，敏亦迟，读那段历史，亦常生不忍之情，兴奈何之叹。2011年正是辛亥百周之年，见多了各式各样的文字，一律为辛亥叫好。然吾人但见开头，便下读不忍。正如康梁当时无力回天，吾今日亦无力回史。好在每个人都有他自己的历史视界，在主流声音之外，我更愿意在属于我自己的历史感知中缅怀任公您并及您的老师康有为。作为20世纪宪政发轫的第一代人，您无幸看到华夏宪政那一天。但您知道，您为之努力的那一天，其实也正是您的继承者今日之努力。青山作证，假如后学有幸光临宪政之功成，则一定备文一篇、燃香一炷，告慰您在天之目与在地之灵……

谨此

后学弟子 邵建 拜

启于辛卯年十一月廿四日（2011.12.18）

致饮冰室主人

解玺璋

梁启超（1873年2月23日—1929年1月19日）

近代思想家、文学家、学者。

字卓如，号任公，又号饮冰室主人、饮冰子等。广东新会人。被公认为是中国历史上一位百科全书式的人物，而且是一位退出政治舞台后仍能在学术研究上取得巨大成就的少有人物。学术研究涉猎广泛，在哲学、文学、史学、经学、法学、伦理学、宗教学等领域均有建树，以史学研究成绩最为显著。1936年9月11日出版的《饮冰室合集》计148卷，1000余万字。影响后世深远的有《中国近三百年学术史》《中国历史研究法》等。

解玺璋：媒体人，文化评论家。北京人，祖籍山东肥城。1983年毕业于中国人民大学新闻系，一直供职于北京日报报业集团。著有《喧嚣与寂寞》《中国妇女向后转》《雅俗》等。新作《梁启超传》即将出版。

任公先生钧鉴：

　　仰慕先生已经很久了，无论如何没有想到，在先生离世的八十二年后，竟有机缘给先生写这封信，只是不知道先生在天堂里能读到否？

　　第一次被先生的学问文章所打动，是三十年前做学生的时候。我的老师方汉奇先生是研究中国报刊史的大家，他在课堂上给我们讲先生办报，《时务报》创刊时，先生年轻，只有二十三岁，真可谓"同学少年，风华正茂，书生意气，挥斥方遒，指点江山，激扬文字，粪土当年万户侯"。我于是跑到北京图书馆柏林寺报库去查阅（后来才知道北京图书馆最早就是先生创办的），管理员把全套《时务报》抱出来，交给我，是高高的一摞，总有三尺多高吧。这是我第一次看到大约一百年前的"报"，超出我的想象，最初我以为是像今天的报纸一样，没想到竟是一本本"线装书"。

　　在那里，我用一个学期的课余时间翻阅了总计六十九期《时务报》，最让我怦然心动的，还是先生的长篇力作《变法通议》。80年代初，正是我们这一代人最为之激情澎湃、热血沸腾的时候，思想解放，改革开放，犹如长江大河，浪涛汹涌，其势不可阻挡，冲击着每一个中国人，确有一种元气淋漓的景象。相信您受到这种情势的刺激，也要为之动容的，说不定又要奋笔疾书，为中国的自新和富强做"狮子吼"吧！所以，那时读先生的《变法通议》，

> **《饮冰室合集》**
> 梁启超 著
> 中华书局
> 民国时期出版
> 这是梁启超比较详备的作品集，有商务印书馆、中华书局等版本。合集收录了梁氏最重要的作品如《中国近三百年学术史》《清代学术概论》《中国历史研究法》等。

自然就有很多共鸣，以为得到了一种精神上的鼓励。先生说："彼生此灭，更代迭变，而成世界。紫血红血，流注体内，呼炭吸养，刻刻相续，一日千变，而成生人，藉曰不变，则天地人类，并时而息矣。故夫变者，古今之公理也。"先生所讲的这些道理，铿锵有力，说得我心里痒痒的，以为把改革、变法的必要性和必然性都说透了。

吾生也晚，无缘直接受教于先生，可谓此生一大遗憾。但心里却始终视自己为先生的私淑弟子，孟子所谓"予未得为孔子徒也，予私淑诸人也"。这当然只是我的一种心愿，先生的学问博大精深，道德文章无与伦比，岂是我辈可以望其项背的，只能远眺，亦步亦趋而已。这几年，受到几个朋友的鼓动，做了一部先生的传记。不是我妄自菲薄，的确，对我来说，做这件事是一次冒险，有点不自量力。胡适在其《四十自述》序言中说到，先生曾经答应他要做一部自传的，但由于先生对自己体力、精力的自信，一直不肯动笔。然而"谁也不料那样一位生龙活虎一般的中年作家只活了五十五岁！（应为五十六岁）虽然他的信札和诗文留下了绝多的传记材料，但谁能有他那样的笔锋，常带情感的健笔，来写他那五十五年最关重要又最有趣味的生活呢"？

1906年，梁启超与长子思成（左一）、长女思顺（右一）、次子思永在日本东京。

这是说的做先生传记之难。胡适尚且有顾虑，小子难道吃了豹子胆不成？不过，几十年来，前辈学者还是为先生的传记做了许多基础性的工作，让我辈可以站在巨人的肩膀上。最重要的便是《饮冰室合集》和《梁启超年谱长编》的编订出版。先生病逝后不久，1932年，《饮冰室合集》就由先生的旧友林志钧先生重新编订，并由中华书局出版。这一版收录的专著和已刊论文、诗词、文稿，较之先生生前编订的各种文集都要丰富，总共有一百四十八卷之多。尽管如此，遗漏的文章、函札、电文仍有很多，近年又有《饮冰室合集·集外文》三册出版，弥补了一些不足。这些都是撰写先生传记最基本的材料，先生的文字总是紧跟着时代的，读这些文字，先生进步的足迹则历历在目。丁文江、赵丰田二位先生编纂的《梁启超年谱长编》更是一部不可多得的大作，保存了许多没有经过最后删削的原始材料，都是撰写先生传记最可宝贵的史料。胡适在《梁任公先生年谱长编初稿》序中说到他的期盼："我们相信这部大书的出版可以鼓励我们的史学者和传记学者去重新研究任公先生，去重新研究任公和他的朋友们所代表的那个曾经震荡中国知识分子至几十年之久的大运动。我们盼望，这部原料《长编》出版之后不久，就可以有新的、好的《梁启超传记》著作出来。"

现在，胡适去世也有几十年了，他的这番话也说了半个多世纪了，可是，我们至今并没有看到一部配得上先生的好的传记，倒是有许多对于先生的误解和讹传，甚至是诬蔑和谬论。我不敢说自己是什么学者，也不敢说刚刚完成的这部传记就是完美的，但是，我努力写出了我对先生的理解，写出了先生的真性情、真精神，写出了先生和朋友们所代表的那个曾经震荡中国知识分子至几十年之久的大运动，以及先生与这个运动剪不断、理还乱的关系。其实，对我来说，传记的写作倒还其次，真正的收获是几年来系统地阅读了先生的著作，与先生的心贴得更近了，对先生的思想、品性，乃至音容笑貌，更熟悉了，也改变了我的思想观念以及看问题的方法、角度。最让我感念和受教的，还是先生至老不稍衰的哀时忧国的情怀。先生一生数变，但爱国、救国的赤子之心始终不变，先生是真正的爱国者，"斯人也，国之元气"，这句话，一点都没说错！

难得有机会给先生写信，似乎有千言万语要对先生讲，却不知从何说起。我有时想，如果先生活在当下又会如何？会不会有似曾相识之感？复杂的国际、国内形势，各个利益集团的矛盾冲突，先生又将如何面对？可能向当权者提出怎样的建议？我是不相信先生在民族、国家面临最危险的时刻自己躲进书斋去做学问的，先生的学问一定是与民族、国家的进步相关的。现在常常听到有人作这种假设，如果当时的当权者——无论是清政府，还是袁世凯或段祺瑞——听了先生的意见，历史一定如何如何。我倒觉得，与其作这种毫无意义的假设（历史是不能假设的），还不如让当下的当权者以及对现状不满的各种势力，都认真地听一听先生的意见，也许倒是有益的。此时此刻，难道还要怀疑先生的诚意与智慧吗？不过，历史有时就是一种宿命，是不以人的主观意志为转移的，如果中华民族仍有一劫，怕是先生也救不得。不知先生以为然否？

晚生 解玺璋 顿首！

辛卯年十二月十日

致亲爱的布尔加科夫大师

阿丁

布尔加科夫（1891年5月15日—1940年3月10日）

苏联作家。

1916年从基辅大学医疗系毕业后被派往农村医院。1920年毅然放弃医学投身文学。1921年辗转来到莫斯科，之后的三年里，开始确立他在苏联的文学地位，《红色王冠》《狗心》《不祥的蛋》都是具有代表性的作品。他所有创作中最为引人注目的一部作品是《大师和玛格丽特》。

阿丁：真名王谨，男，70后，河北保定人。曾为麻醉医师、新京报体育部主编、图书出版策划人。著有《软体动物》《顺从得令人发指》等。

致亲爱的米哈伊尔·阿法纳西耶维奇·布尔加科夫：

请允许我叫你老布，这个短促的称呼更符合我们中国人的习惯。恕我冒昧，对于一个中国人而言，你们俄罗斯人的名字太长了，这令我想到在我幼年时，曾以背诵列宁的全名为荣。这是真的，尽管你未必喜欢那个名字，可我直到今天还能背得一字不差：弗拉基米尔·伊里奇·乌里扬诺夫。

是不是完全正确？你，智慧的布尔加科夫，应该不会为一个中国人熟知列宁的名字而惊诧的，你一定知道你曾经生活的国家对于中国来说意味着什么。

我确信你还活着，这就是我给你写这封信的原因。

厚颜无耻地说，我和你有很多的共同点，在这里我把这句话忐忑地说出来，不是要攀附一位大师，而是身处这个时代，的确有很多话要说，而你是最理想的倾诉对象，至少你不会隔着浩渺的时空送上嘲笑，还有就是你将为我保守秘密，你在人世的四十九年，已深知自由言说带来的恐惧。

就在给你写这封信的时候，我得到了一个坏消息，不过对你而言或许算个好消息。一个叫瓦茨拉夫·哈维尔的捷克人死了，自今日始，你又多了一个伙伴，他不仅当过捷克第一任民选总统，还是一位作家，相信在那个世界你们会找到双方都感兴趣的话题。

"四十年来每逢今天，你们都从我的前任那里听到同一个主题的不同变化：有关我们的国家多么繁荣，我们生产了多少百万吨的钢，我们现在是多么幸福，我们如何信任我们的政府，以及我们面临的前途多么辉煌灿烂。我相信你们让我担当此职，并不是要我将这样的谎言向你们重复。"

这是哈维尔在1990年的新年献辞，之所以把这段文字录于此，是为了能让你更清晰地了解这个"初来乍到"的伙计，你看，你和他是有共同点的，譬如你们终其一生都在跟谎言作战。

可对我来说，他的离去是一个生命的消逝。因此请允许我暂停这封信，我将敲下一行省略号，谨以此致哀。

……

我相信你会迎接他的，骑着沃兰德的天马，或者干脆骑一根玛格丽特的扫帚，掠过星空去迎接他，这是个配得上你庄重迎接的灵魂。祝你们聊得愉快，老布。

现在可以说说我和你的共同点了。跟年轻时的你一样，我也曾经是个医生，麻醉医生。曾有数不清的患者在我的人生中康复和死去，显然后者更能触动我。多年前的某个深夜，我和我的同事抬着一具正在失去温度的尸体去停尸房，我悄无声息地哭了。因为我见证了这个人生前蓬勃的活力，因此他的死击中了我，那一刻有句话在我心里冲撞，那是约翰·堂恩说的，曾被海明威所引用，每个人都是广袤大陆的一部分——有一种异样的悲哀涌上来，那个人的死，就是我的某一部分的死。

如今回忆起来，或许就是那一刻决定离开的。不久后我就离开了供职的医院，但我并没有弃医从文，而是像当年你被邓尼金裹挟一样，我被生活的压力裹挟，开诊所、做生意，直至有一天赔了个精光。我敢打赌，那天的我，比你笔下的大师还要绝望。但我

《大师和玛格丽特》
布尔加科夫著
钱诚译
人民文学出版社
2008年出版
这是布尔加科夫最为出名的一部长篇小说,被英国学者莱斯利·米尔恩称为"夕阳之作"。

的绝望是小市民式的绝望,我那时的理想只不过是能赚到一笔钱,一笔能买下一套不大的房子的钱,把妻女安置其中。那是我第一次屈服于命运,我证明了我没有长着一颗做生意的脑袋。这个结果令我悲哀,一种直坠谷底的悲哀。

我和你的第二个共同点是写作,如今我做着和你一样的事,写写字,并憧憬着有一天我的文字能传诸后世,就像你的作品一样,被一代一代的人阅读。但我知道,这有点不切实际,几乎是一个不可能抵达的目标。这是因为我和你之间存在一个最大的不同,你可以忍受在生前看不到自己的作品出版,却依然能毫无怨怼地写下去,哪怕你根本看不到自己构建的文学大厦在人世矗立。

"作家不论遇到多大困难都应该坚贞不屈,如果使文学去适应把个人生活安排得更为舒适、更富有的需要,这样的文学就是一种令人厌恶的勾当了。"

这是你说的话,在作品被禁止发表、剧作被禁止上演,甚至工作权利都被剥夺时说的话。

看吧,这就是我和你最大的不同,那些是我想要的,让自己更富有,更衣食无忧,更无拘无束地活着,以及写作。尽管我羞于承认,但必须承认,假如活在你的时代,前路看不到一点亮光,我想我会屈服的，屈服于能够让我的书稿出版的人，为达到目的，阉割自己的文字也不在乎。可你在乎，你从来没有答应过阉割自己的作品，代价是在你死后多年才问世。

这也是我写给你这封信的原因之一。在读过你的作品之后，一个疑窦在我身体里扎了下来，像一根刺。我不知道在那个无比黑暗的年月和无比黑暗的国度，你是如何挺下来的，并且保持了内心的自由，最大限度的自由。这个问题一直萦绕于心。据我所知，任何时代，未必比你所处的时代更残酷，但我所知道的作家，是含泪的、羡鬼的，他们奉旨写作丰衣足食，过着你难以想象的优渥生活。

或许这段话能提供一个答案，在写给斯大林的信中，你说——"在苏联我成了文学旷野上唯一的一匹恶狼，有人劝我将皮毛染一下，这是一个愚蠢的建议，狼无论染了色还是剪了毛，都绝对不会成为一只卷毛狗"。

说真的你的话令我惊诧，但还惊诧不过斯大林收到这封信后的结果，"伟大领袖"居然没有勃然大怒，并随即将你肉体消灭，在那年月这绝对是一个奇迹。要知道你的同行，写《骑兵军》的巴别尔，只因为在作协会议上说了一些话就消失了，他说"知识分子适应逮捕就像适应气候一样，顺从得令人发指"，然后就被逮捕、被枪决，至今尸骨无存，他的家人、后代甚至不知道他被枪毙的确切日期。

老布，我是不是该因此感谢那个格鲁吉亚人了，否则我今天又怎么有机会阅读你的著作？

知道吗老布，除了你的作品，你的不合时宜的倔犟是另一个让我喜欢你的原因。

布尔加科夫在写给斯大林的信中说:"在苏联我成了文学旷野上唯一的一匹恶狼,有人劝我将皮毛染一下,这是一个愚蠢的建议,狼无论染了色还是剪了毛,都绝对不会成为一只卷毛狗。"

《不样的蛋》
布尔加科夫 著
钱诚 译
上海文艺出版社
2003年6月出版

这本荒诞的小说是老布的成名作，讲述一个动物学家发现了"生命之光"。高尔基称赞这本书非常机智巧妙。

当你失去了读者、失去了出版的权利、失去了养家糊口的工作时，你对斯大林说："如果不能任命我为助理导演，请求当个在编的普通配角演员；如果当普通配角也不行，我就请求当个管剧务的工人；如果连工人也不能当，那就请求苏联政府以它认为必要的任何方式尽快处置我，只要处置就行……"这是我见过的最凄凉、同时也是最有硬度的"求职信"，"请以任何方式处置我，只要处置就行"——除死无大事，当一个人连死都不畏惧的时候，当然就能承受所有的孤独与困苦，你就是在一个看不到任何一点希望的时代写成《大师和玛格丽特》的。

中国人王小波说，知识分子最怕生活在不理智的时代。老布你恰恰就生活在那种时代。在一个正常的时代，不独作家，每一个普通人都是不需要写这种求职信的，人类不该屈服于任何其他的个体，只应该屈服于自己的内心。

好吧，其实我不必美化你，你也有屈服的时候。那时你写了个叫《巴统》的东西，那里面的斯大林高大、伟岸，简直是正义的化身。然而依然被禁了，你是苏联的禁书之王。在这之前，帕斯捷尔纳克也在报纸上发表了送给斯大林的颂诗，两位伟大作家不约而同地向权力垂下了高贵的头。不过多年以后你们被谅解了，甚至不需要去谅解，你和帕斯捷尔纳克留下的文字说明了一切，你们仍然保持了灵魂的高贵。

当曾经迫害你们的作协领导被批判时，你拒绝了邀请，"我不会去迫害迫害者。"你说。

还有你的幽默。幽默是你的武器之一。一条狗在你的想象力之下变成了人，然后这条人形狗开始像人类一样邪恶，能说满口脏话，并参加了"革命"，担任了领导职务之后，又勾搭上了一位女打字员。最后告发了它的主人，把狗变成人的科学家。在匈牙利作家久尔吉的《一头会说话的猪》里，那头叫尤日的猪当上了农场场长，追求起了农场女党委书记，求爱未果后告发并诬陷了后者——这篇小说我高度怀疑是对你的模仿与致敬。

在《大师和玛格丽特》里，你的想象力达到了极致。我一直好奇你安排撒旦降临莫斯科而非上帝，后来我隐约明白了，撒旦比上帝更适合这活儿。撒旦的魔术诱惑了莫斯科公民们，当他们和她们抢穿华美的衣物时，我知道接下来发生的一切只有魔鬼干得出来，当公民们走出剧场发现自己身上的华服消失，变得赤身裸体时，我对你的"狠"佩服得五体投地，你对人性的解剖，犀利得令人嫉妒。

还有你为大师安排的结局，那正是你梦想的结局。大师摆脱了肉身，和深爱他的玛格丽特飞升天国，得到了心灵的永恒自由。这大抵是世间所有作家梦寐以求的结局。

因此我确信你还活着，活在我从未履足却终有一天将与你会合的世界。

你一定在那个世界写着什么。

再说说我从你这儿学到了什么。简单地说就是自由，写作的自由。这个世界飞舞着太多太锋利的刀，等着阉割所有它认为应该阉割的文字，而你告诉了我，不要怕那些狰狞的刀，只管想你的，写你的，他们可以囚禁你的肉体，却永远也发明不出一种可以囚禁你思维的监狱。

就此止笔。假如还要说点什么，那就是感激，你的一个中国读者对从你的文字中摄取养料后的感激。

你的中国读者 阿丁

致梁公漱溟的一封信

谢志浩

梁漱溟（1893年10月18日—1988年6月23日）

著名思想家、教育家、哲学家、主要研究人生问题和社会问题，现代新儒学代表人物之一。

原名焕鼎，字寿铭。原籍广西桂林，生于北京。1917年10月，应蔡元培先生之聘，任北京大学印度哲学讲席。1924年辞离北大，赴山东主持曹州中学高中部。1931年与梁仲华等人在邹平创办"山东乡村建设研究院"，任研究部主任、院长，倡导乡村建设运动。1946年任民盟秘书长，参与国共和谈，争取国内和平。1953年因总路线问题与毛泽东发生激烈争执，"文革"时遭到批判；"文革"结束后，当选为政协常委。

谢志浩：河北科技大学文法学院中文系副教授。生于1965年，籍贯河北辛集，1989年毕业于中国人民大学中共党史系。学术兴趣在文化史与大学史，业余研究当代中国学术地图。

梁漱溟先生：

　　余生也晚，初次听到您老名字，还是在《毛泽东选集》第五卷。既然已经被伟大领袖钦定为"反动教员"，不明就里的后生，心中对您的感觉，只能是愤怒。听家父说，这位叫梁漱溟的老头，在50年代，居然当着很多人的面，跟毛主席对着干，可谓反动透顶，十恶不赦。所以，您老在后生心中，"第一印象"实在不佳。

　　1985年，后生考取中国人民大学中共党史系，从冀中平原来到首善之区，鲤鱼跳龙门，诚人生的一大转折。机缘巧合，您这位大名鼎鼎的"反动标本"，竟然会有一天出现在中国人民大学。从来没有想过，您竟然穿越时空隧道，像"出土文物"一样，傲然伫立在人们面前。

　　记得那是1985年，孔子诞辰纪念会在八百人大礼堂举行，主持人是老校长谢韬先生。从座位上向主席台望去，竟有一位老者，头顶瓜皮帽，身穿对襟棉袄，脚蹬千层底布鞋，别有一番风光霁月，仙风道骨，后生面对这番打扮，真是惊诧不已：这是何方高人？

　　听到主持人介绍，这是梁漱溟先生时，更是大惊失色，那位被打入另册的"反动"老头，竟然还在人间，而且就在后生眼前，一时竟有时空错乱的感觉。

　　甫入中国人民大学，就听到母校被冠以"第二中央党校"的名号，可以想见，这里是无产阶级的阵地，培养根正苗红的种子

《这个世界会好吗？梁漱溟晚年口述》

梁漱溟口述

艾恺采访

东方出版中心

2006年1月出版

芝加哥大学历史教授艾恺是梁漱溟研究者，他1980年8月来华对梁漱溟做了专访，长谈十余次，有了这本晚年口述。谈话中，梁氏论及儒、佛、道各学说特点和人物，也回顾自己在近代中国的社会活动。这个世界会好吗？是梁氏留给后世的一个大问句。

选手。世事难料，回想小学一年级的漫画，不就是在孔夫子胸口上，画上一个箭头，题名"打倒孔老二"，启蒙教育，可谓刻骨铭心。解放思想，拨乱反正的大潮，在80年代中期，也吹送到文化界，进而引发"文化热"，主流是"批判传统文化热"，对中国传统具有同情的理解和温情的敬意，实在是凤毛麟角。

我的母校，那么一所"革命"的大学，竟然承办孔子诞辰纪念会，是否思想解放得有点过头了？这就是，后生当时的活思想。但是，就在这次纪念会上，见到"反动教员"梁漱溟，实在是因缘际会，况且，您老给我留下了如此难以磨灭的印记。

首先，您那双炯炯有神的眼睛，如此清澈，如此纯正，令人过目难忘！接着是不苟且的神情，还有那庄严的态度，不由得感染着后生。经历大风大浪的您，可谓百年中国历史的"活化石"！真汉子须有硬脊梁。屡经磨难，脊梁依然如此挺拔，眼前的这位老者，该有着怎样的修为和操守，护持着一己的独立和尊严？

先生这尊"出土文物"，到底是怎样走过来的？引发了后生无限的兴味，随着阅读的扩展和思考的深入，您奇崛的个性和多元的人生，慢慢进入后生的心底。但是，您所洋溢的儒家气度，在很长一段时间，后生都没有能力体悟。究其原因，出生于"文化大革命",致使后生身上先天具有"革命"的情怀,吃着"文化大革命"的乳汁,愚笨的后生,难以将"孔老二"与"孔夫子"两个截然相反的形象,整合在一起。

当时的大学校园,言必称尼采、萨特,谁要赞扬中国传统,是要具有一点勇气的。而您老居然出任中国文化书院院务委员会主席,为传统和孔子"平反昭雪",后生们觉得不可理喻。既然,已经"河殇"了,那么,不去呼唤蔚蓝色文明,老头子居然还在宣扬儒家文化的复兴?看到您老奔忙的身影,总有一点"蚍蜉撼大树"的联想。所以,当看到《光明日报》对您老的访谈录,记者步步为营,您招架不住的窘态,不仅没有一丝温情,反倒拍手叫好,大呼过瘾。

这是为什么呢?

按理说,"文化大革命",毁坏文化,毁损文物,是中国文化的浩劫;那么,解放思想,拨乱反正,就应该对中国文化有一份同情与理解才对。不知怎么回事,回首"文革",痛定思痛,居然把怨气发泄在中国传统身上。春江水暖鸭先知,还是作家敏感,"伤痕"过后,就开始"寻根",具有理智的第五代学者,除了李零、高王凌之外,很少有人运用自己的理性,致使传统中国成为替代性发泄物。当然,这是后生现在的见识,当时,却对反传统如痴如狂,可见,年轻人多么难以躲避时代的病症。

需要向您老汇报的是,后生在十多年前,就已经开设"中国传统文化"选修课,但,对传统的态度一直摇摆不定,总体来看,否定多于肯定,可以说,直到近两年,才从内心认同您的理念,很长一段时间里,内心激荡着两股截然不同的力量。

后生是如何实现这种思想转变的?

四五年前,既给学友开设"中国传统文化",又开设"西方文明简史",慢慢理解,中国何以为中国,西方何以为西方。中国何以为中国,这个话题,高王凌先生给了我深刻的启迪;西方何以为西方,这个话题,阎宗临先生的论述,是那么深刻。

我们这一代人担负一种责任:深切理解中国文化,深透理解世界文化。在我看来,理解世界文化的根基,正在于深切理解中国文化。

我觉得,出生于"文化大革命"的这一代人,对中国文化,"先天"具有一种"革命"情怀;这种革命情怀,不仅无助于理解中国,也无助于理解世界。

老辈对中国传统那种深切的同情,实在令人深思。"文革"出生的我们,实在没有资格批判中国传统。有人说批判传统的风气滥觞于新文化运动,从大历史的角度,倒是具有一定的道理。但,理由并不充分。因为,新文化运动,从实质来看,实在是中国的文艺复兴运动。不明就里的人,总以为那属于"弑父"的狂飙突进,其实不然。单从国立北京大学来看,除"新潮"和"国故"两派之外,还有奇崛的先生。

原来以为先生具有深厚的国学根底。谁能料到,先生传统学问的根基,其实,并不深厚,这一发现,使得后生不禁要深入体悟您的家学和师承。

先生作为百年中国学术史上第二代学人,天赋异禀。自称幼时体弱,呆笨异常,六岁还需要妹妹给穿裤子。令尊梁公巨川,虽做到晚清内阁中书,但非常厌弃腐儒,所以,不教《大学》《中庸》《论语》《孟子》,而是将您送入中西小学堂,真是别具只眼,无形之中,培养了先生带着问题读书的人生趣味。先生由佛入儒,亦佛亦儒,具有先秦儒家的风格,难怪在"军调"时期,马歇尔将

《梁漱溟评传》

景海峰　黎业明　著
百花洲文艺出版社
1995年5月出版

作为"行动的儒者",梁漱溟不仅是特立独行的思想家,也是勇敢的探索者。本书以评传的形式,揭示他一系列实践活动的意义和留给后人的思考。

军短暂接触先生,就对先生的翻译叶笃义说:"梁漱溟先生是中国的甘地。"这是先生儒家本色的自然流露。

不知何故,先生年轻的时候,为什么如此悲观?既然如此悲观,又为什么还要在顺天学堂毕业之后,参加京津同盟会,为革命而奔走?既然奔走革命,先生又为什么1912年一年之内,两度自杀?个中缘由,耐人寻味。难道是见识清末民初政坛诸种肮脏、龌龊、丑陋、粗鄙的做派,先生作为理性主义者,内心绝望、愤懑,情愿成为自了汉?

先生不是学问中人,而是问题中人,这里面,既有梁公巨川言传身教的影响,也有自身的内在理路。

比较同代的学人,先生不具有陈寅恪那样深厚的国学功底,现在看来,其实,先生掌握国学的程度,大体与胡适之先生相当,尽管,胡先生对中国传统的看法与您迥异。

百年历史,在人类文明史上,可谓一刹那,但是,风尚的流转,令人难以捉摸。谁能想象得到,80年代,还走背字的中国传统,到了90年代,以"国学"的面貌出现,并在您曾任教的北京大学兴起。《梁漱溟评传》与陈寅恪、胡适一起,列"国学大师丛书",于1995年由百花洲文艺出版社出版。得到这一消息,不知道,

《人心与人生》
梁漱溟著
上海人民出版社
2005 年 5 月出版

本书揭示了人心实际是资借于社会交往而发展起来,同时,人的社会建筑于人心之上,而人心也自会有它的发展。

您是否有时空错位的感觉?

　　从很早的时候,人生问题与社会问题,就萦绕在您的心头,先生凡事不苟且,不放过,不懈怠,都要进行一番呕心沥血的思索,痛苦的反思销蚀着一个有血性的灵魂,但这是难以倾诉的。您这一辈子,紧紧抓住人生问题与社会问题这两个牛鼻子,在长达九十五年的人生历程中,上下求索、左处右置,以出世间的精神,从事着世间的事业,写就了元气淋漓、特立独行的人生篇章。

　　先生的家学和师承,后生觉得那么有趣。梁公巨川不教四书五经,从《三字经》直奔《地球韵言》,不失为一种开明而务实的家庭教育。这种教育的好处是不掉书袋,坏处在于欠缺国学根底。1906—1911 年,顺天中学堂近五年的生活,先生凡事爱用心思,而且绝不苟同,建构了自己的师承,依然是具有鲜明的个人风格。在这里,学友郭人麟,可以说亦师亦友,以至于笔记本上记载不少郭人麟的言论,人称"梁贤人""郭圣人"。在学校阅报处,先生如饥似渴地阅读《申报》《顺天时报》,梁启超先生的《新民丛报》《新小说》,凡五百万言,更是爱不释手。谁能够想象,读报的习惯,养成了学问的兴趣,也培养了政治的敏感。

　　1911 年,先生十八岁从顺天中学堂毕业之时,胸中已经横亘着人生和社会两大问题，视野和识见，绝非等闲之辈可比。人生的问题，意在安排自己，而社会问题，意在安置集团。从人生问题出发，先生出佛入儒，发挥古圣先贤的学说，成长为有自家面目的思想家；从社会问题出发，先生孜孜乡村自治和民主宪政，成长为中国的圣雄甘地。思想家、活动家，是先生一生相辅相成的两个面相，而学问家和政治家，实在是先生思想和活动的附属品，如此而已，岂有他哉！

安放个人和安放集团，并不属于同一个问题。后生以为，先生一生痴迷佛法，意在安放个人，为此，先生曾抗婚，自杀，撰《究元决疑论》，写《人心与人生》；先生一生为社会而努力，为国事而奔走，尽显儒家本色，意在安放集团，为此，先生入同盟会，当报人，写《吾曹不出如苍生何》，搞乡建，创民盟。

安放自己，前提在于认识自己，所以，先生努力探问人心；安放集团，前提在于了解社会，先生乃为国事而奔走。先生一生围绕人生和社会两个枢轴匀速转动。

后生以为，把握住人生和社会两大关键，就可以解释发生在先生身上的诸种传奇，实在算不得什么奇迹，而是，宛如平常一段歌了。

先生的逸闻趣事分外多，其实，从民国走过来的老辈学者，都可以说属于六朝人物，哪位先生能没有几段故事呢？

1917年，蔡先生礼贤下士，邀请北大落榜生梁漱溟入哲学系讲学，就是学界流传的故事之一。既然是故事，而且老辈讲起来津津有味，不管别人信不信，反正，后生愿意相信这是真的，因为，这符合故事的逻辑。

梁先生，您在某个场合，曾说毕业之后就革命，指的是1911

《东西文化及其哲学》
梁漱溟 著
商务印书馆
2004 年 11 月出版
这本书曾于民国十年出版过。
书的思想差不多是归宗儒家。其中关于儒家别有新悟,自悔前差。总结为：1. 当时所根据以解释儒家思想的心理学见解错误；2. 当时解释儒家的方法错误。

年从顺天中学堂之后,在老同学甄元熙的影响下,入同盟会京津支部,并在支部主办的《民国报》担任外勤记者。您的老同学汤用彤、张申府中学毕业后,选择升学,可见,毕业之后,并不是只有革命一种选择。

《民国报》总编辑孙炳文先生,看到您稿子的署名总是"寿民""瘦民",便提笔代拟"漱溟"的笔名,先生颇觉别致可喜,沿用之。孙先生与女编辑任维坤,结为百年之好,一代才女孙维世,便是他们的贴心小棉袄。而任维坤的妹妹任载坤,便是哲学家冯友兰的夫人。

先生的《究元决疑论》,既反映一己的心思,也是对报人黄远生的纪念,在《东方杂志》发表之后,颇受学界瞩目,在范静生先生介绍下,前往拜访蔡先生。蔡先生其实在上海已经看到该文,一番倾谈,甚为投契,蔡先生邀请您到北大讲印度哲学。先生于 1917 年 10 月,交卸司法部秘书职务,与陈独秀、胡适同年进入国立北京大学,既是先生人生的一大转折,又是新文化运动的一桩盛事。

先生要在"新潮""国故"之外,梳理东方文化的特性,为东方文化声辩,这对于意气用事的国人来说,无异于捅了马蜂窝。

1918年6月，北京大学文科哲学门第二次毕业摄影。前排左起第五人是北大校长蔡元培，第六人是文科学长陈独秀，第七人是梁漱溟。

具有庸俗进化论倾向的新文化弄潮儿，把"古今问题"转换为"中外问题"。也就是说，在陈独秀一帮人看来，古老中国现代化的问题，其实，就是把中国充分世界化的问题。古老的中国，在新文化领袖看来，可以说一无是处，糟得很。而"国故"派，只是认为古老中国好得很。表面上看，"新潮"与"国故"势不两立，其实，当"新潮"具有一种政治正确的时候，"国故"派，没有真正的说服力。

先生之可贵之处，正在于赞扬民主和科学为西方文化之两大异彩，并对"新潮"莫逆于心。但先生要告诉大家，中国文化和印度文化是怎么走过来的，而西方文化又是怎么走过来的，理性分析东方文化和西方文化的优缺点，充分说明了先生好用心思、不苟同的风格，令人赞佩！

可以想见，先生在新文化运用的风口浪尖，讲述东方古学所面临的压力之大，正是这种压力，产生了《东西文化及其哲学》这一经典。

有一张北大的老照片，能够印证这种压力。北大哲学系学生毕业照，好多先生穿长袍马褂，文科学长陈独秀和梁先生相邻。照片洗出来之后，冯友兰给陈独秀先生送照片，陈先生边端详照片边发感慨：梁漱溟的脚伸得也太长了。冯友兰回应：陈先生，请看清，这是您的脚，已经伸到人家那里去了。

1924年，已经站稳讲台的先生，辞去北大教职，是否受够了这种环境的窝囊气，不得而知。先生宣讲辞职的理由，确实令人心动：先生讲，学生学，不是一种好办法，因为老师只管灌输知识，而不管学生的思想和生活。

先生一生，除了教书，还要进行人生思想和社会活动。先生身边总有学生追随左右，深为敬服先生个人魅力的同时，不能不说，曹州中学、勉仁中学，先生书院式的教育理想，得到了相当的实现。

先生一生，可谓生于忧患，历经晚清、北洋、北伐、抗战、内战、建国、"文革"、改革，饱经风霜，艰苦备尝，特别是三个"九一八"，给人难以忘怀的印记。第一个"九一八"，指的是先生已经在山东邹平开展第三阶段的乡村建设，国难日亟，地方自治和乡村建设，必须加紧进行，此时，先生以社会改革家的形象出现；第二个"九一八"，指的是1941年9月18日，先生在香港首创民盟机关报——《光明报》，一是唤起国人，共求大局之好转，二是开辟自由言论的园地，此时，先生不避艰险，展示了一个政治家的风采；第三个"九一八"，指的是1953年9月18日，在中央人民政府会议上，先生犯颜直谏，"但我亦要考验共产党所云批评与自我批评如何，看看毛主席有无雅量——意指毛主席末后自行收回说我有恶意的话"。此时，展示了先生的儒家风骨。

不少学界晚辈，看到先生第三个"九一八"的大无畏气概，真想把先生树立为反抗威权的典型，无奈，先生却一直在反省自己，认为一个巴掌拍不响，须行恕道。其实，早在先生在北大任教期间，毛润之就经常出现在同事杨怀中先生家中。1938年，先生出现在延安窑洞之中，并与润之彻夜长谈，是有着内在渊源的。也正因为有了在窑洞的交谈，对润之有知己之感，同时共产主义可以破除"我执"，这样，先生与主公才能够"和而不同"，无奈，主公不仅不能理解自己，还给自己扣上反动文人的帽子。

1974年2月，先生在政协学习会上作题为《今天我们应当如何评价孔子》的长篇发言，阐述孔子在中国文化史上的地位，引

《乡村建设理论》
梁漱溟著
上海人民出版社
2006年8月出版

梁漱溟是中国乡村建设的实践者，亲自创办并参与乡村建设研究院。他之所以提出乡村建设的思路，最直接的原因是他看到社会变革中乡村社会的破产。这是他为中国乡村建设开出的药方。

发了长达半年的批斗。9月23日，召集人询问先生对批判大会的看法，答曰："三军可夺帅也，匹夫不可夺志！"这正是先生特立独行，表里如一的儒家本色。

谁也没有料到，先生能够穿越时空隧道，活到改革开放的大时代；更让人惊诧不已的是，先生这位最后的儒家，在1978年2月的"两会"发言，痛陈中国要完善法治，现在是转折点，因为，人治将日趋没落，法治将日益兴旺，不以任何人的意志为转移。后生从您身上看到儒家宪政主义之深邃。

1988年4月13日，先生到良乡上祖坟，因为风大，致使病重。临终前对医生说："我太疲倦了，我要休息！"话音刚落，先生往生，时间是1988年6月23日上午。

呜呼，先生尚飨！

后生 謝志浩

2011年12月11日，荷锄斋

致周扬先生

徐庆全

周扬（1908—1989年）

现代文艺理论家、中国科学院哲学社会科学学部委员。

原名周运宜，字起应。1928年毕业于上海大夏大学，同年冬留学日本。1930年回上海投身左翼文艺运动。1937年到延安，任延安大学校长等。新中国成立后长期在文化战线担任重要领导职务。"文革"中受批判并被监禁。粉碎"四人帮"后复出，任中国社会科学院副院长兼研究生院院长，中国文联副主席、主席、党组书记，中国作协副主席等。代表作有《现实主义试论》《关于国防文学》《文学与生活漫谈》等。

徐庆全：《炎黄春秋》副总编辑，北京大学现代中国研究中心研究员。1989年首都师范大学历史系硕士毕业后留校任教。1998年调入中共中央党史研究室工作。近年专注于中国当代思想史的研究。著有《知情者眼中的周扬》《周扬与冯雪峰》《文坛拨乱反正实录》等。

周扬先生：

人们一向认为，"天国书信"是对备受尊重的逝者最好的思念方式。我也愿意用这种方式，表达一个你的研究者对你的理解和感念之情。

按说，依我这个年龄，还没有太大的资格对你所经历的历史论长说短。我没有生活在你那个时代，对那时的思想文化界以及文艺界的历史，缺乏实际体验。我咿呀学语的时候，你已经被关进了监狱；在我的小学阶段，你以"四条汉子"的反面形象进入我们课本；在懵懂涉世、懵懂读书的 20 世纪 70 年代末 80 年代初，你被还原为正面的社会形象，而且你敢于突破理论上的禁区，以无畏的气概追逐真理的勇气，让如我这样的学子欣欣然——对你的敬重就是从那时开始的。

20 世纪 90 年代中期，当我承接着 80 年代的记忆想要对一些曾经懵懂的问题进行思考时，"周扬"这个名字不经意之间就冒出来了。你在近现代中国思想意识形态领域的作为，你和革命的关系，再延展到 20 世纪的中国革命文学和革命政治的关系等问题，都成为我思考的兴奋点。

20 世纪 20 年代，你加入中国共产党，成为中共在上海的文化事业的领导人之一。30 年代后期到延安，为毛泽东所倚重，又是延安的文化界领袖之一。1949 年后成为文艺界的"巨头"，一

> **《周扬文集》**
> 人民文学出版社
> 1984—1991年间出版
> 五卷本的《周扬文集》出版颇费周折,历时七八年完成,对某些文章的编选情况,有很多争论。目前的这个文集,基本收录了周扬重要的文章,全面反映了他的文学和思想。

直到你去世。在你身上,几乎浓缩了当代中国意识形态的历史。在你六十年的革命生涯中,尽管你兢兢业业地忠于自己的信念和事业,却仿佛一直戴着枷锁在舞蹈。30年代,鲁迅将你列入"四条汉子"之一;50年代,毛泽东批评你"政治上不开展";"文革"前夕,又说你"与资产阶级有着千丝万缕的联系";"文革"落难中,你被姚文元视为"反革命两面派"。"文革"后复出,你以深邃的思考及对历史的反思,赢得人们的敬重,成为思想解放运动的领军人物,却因"人道主义与异化"问题的争论,而最终郁闷成疾。

这样简简单单地梳理,就可以看出,你的一生,实际上凸显了20世纪中国革命知识分子历史的几个最重要的命题:革命与知识分子,革命与人性改造,革命与革命队伍内部的斗争,革命政治的惩戒机制和知识分子的关系等。这些重要命题,是在研究近现代中国历史,研究中国共产党的历史时,都绕不开的。

与其他在这一领域里的历史人物不同的是,你的文化官员和知识分子的双重身份,表现得十分突出,十分强烈。作为文化官员,当国家政治体制相当不完善的时代里,比方说1949年前及1949年至"文化大革命"结束前的一段时间,"以革命的名义",

便意味着服从、执行并放弃自我信念。在一浪高过一浪的政治运动中,作为政治化了的工具,你成为"文艺界的沙皇",伤文伤人。而在1978年转折年代的日子开启以来,当思想解放成为一个民族的共识,而传统的"势"(官员)与"道"(知识分子)的冲突被解构、削弱的时候,作为文化官员的你,也在反思与忏悔中,恢复知识分子的本性。尽管你仍是文化官员,但双重身份中的文化官员身份却在自觉地削弱,而知识分子身份则日渐突出。而你思想家的睿智,也随之展露。1983年,你经过深深思考所提出的"人道主义与异化"问题,体现一个理论家思想的深刻程度。这种深刻程度,在近三十年后的今天,还是那样发聋振聩。

1983年3月14日,是马克思诞辰一百周年。3月16日,以你署名的《关于马克思主义几个理论问题的探讨》在《人民日报》刊发,在知识界、思想界引起了极大反响。当然,也在中央高层引起了一场争论,甚至引发了一场在当年被称之为"清除精神污染"的运动。

这一年,我还是一名大二的学生,浑然不知你有这样的大文章,当然也更不知道因为你的文章所引发的争论;只是到了这年10月开始的"清除精神污染"运动波及我所在读的大学时,同学之间多次传阅并珍藏的《人啊,人》(戴厚英著)一书被强行没收了!甚至钱钟书的《围城》也好像列入了应该"清除"的"精神污染"的名单中,取而代之的是胡乔木所著的《关于人道主义与异化》。老师们说,这全是因为你那篇文章引起的。

虽然20世纪80年代初期的大学生远比现今的大学生对现实的关注多一些,但是,当人手一册胡乔木的书、组织学习讨论以消除周扬所鼓吹的——这是个久违的字眼,但当时辅导的老师就

《忆周扬》
于光远 王梦 袁鹰等 著
内蒙古人民出版社
1998年4月出版

这本书收录了很多友人对周扬的回忆文章，从中可读出周扬在朋友们眼中的形象，刻画了一个立体的周扬。

是这样说的——人道主义与异化的影响时，我仍旧搞不明白到底发生了什么，倒是因为要学习胡乔木的著作，批判你的观点，便认真学习了你的文章。

　　说实在的，以当年的学识而言，我觉得你们两个人的文字都绕来绕去，让人如坠云雾。你讲"马克思主义的人道主义"，胡乔木讲"社会主义的人道主义"，我们的社会主义不是在马克思主义理论指导下建立起来的吗？在我们有限的政治学常识中，"马克思主义"="社会主义"，是天然的公式，怎么你们两个大理论家还要争个一塌糊涂？难道"马克思主义的人道主义"在社会主义不适用，而"社会主义的人道主义"又不包括在马克思主义之中？这一系列的问题倒是"内存"在记忆里，而更鲜活的记忆是，你们两人绕来绕去就绕呗，干吗要禁止我们穿喇叭裤、烫发乃至于谈恋爱？

　　若干年后，我来探究这场公案时才知道，在胡乔木和你争论开始时，一些人就明白地断言，胡乔木错了。只是那时由于胡乔木的地位，这样的结论还上不了台面。比如，没有参与这场争论的于光远，倒是胡乔木因这件事找过他，希望于能给他的文章提些意见，"多多益善"。于光远意见倒是提了，但并没有赞同胡乔

1949年9月，在北京中国人民政治协商会议第一届全体会议期间，中华全国文学艺术界联合会代表合影。前排右起：田汉、丁玲、周扬、沈雁冰（茅盾）、徐悲鸿，二排右起：蔡楚生、胡风、阳翰笙、曹靖华、巴金、马思聪，后排右起：史东山、柯仲平、郑振铎、赵树理、艾青。

木的观点，而是站到了你这一边。于光远在《周扬和我》长文中也提到了这件事，并阐明了自己的看法。

不过，在短短的"清除精神污染"之后，我们对胡乔木文章的学习也草草收场了。喇叭裤、烫发乃至于谈恋爱也在不知不觉中合法了。同时，我还注意到，媒体上即或偶尔还能读到对你的批判文章，但这一争论也淡出了。此后，胡乔木仍主持党和国家的意识形态的工作，在《人民日报》上作了检讨的你似乎也照样在媒体亮相。这一切给人的感觉是，这一场争论似乎过去了，不提了。

好刨根问底，大约是学历史人的癖好，我也不曾例外。因此，留存心中的这一疑团就成为挥之不去的存在；了解这一事件的来龙去脉就成为一桩心愿。

1985年1月，《人民日报》发表了顾骧的《兰叶春葳蕤——读周扬同志近两年来的文艺评论》的长文。虽然文章在摘引、评述你复出后所发表的言论时，一次也没有提到《关于马克思主义几个理论问题的探讨》，但是，读后还是能让人得到这样的信息：一、因为文章说周扬的"是非功过，需要历史的说明，才能科学地给以评价"，很有点要盖棺论定的味道——你可能不久于人世了。二、在《人民日报》以这样的版面发表这样长的文章，似乎是个信号——那场争论中你未免就是错的。

一年多以后，我来到京城求学，买到了顾骧编的《周扬近作》，内中不但收录了《关于马克思主义几个理论问题的探讨》，而且书末附上了顾骧的这篇文章。文章又可以公开出版了，大约你并没有什么错。我还想，顾骧肯定是与你渊源很深的人。

一晃又是十年过去了。1997年，我所在的《炎黄春秋》杂志社的创始人之一温济泽老告诉我，一些人正在编辑一本回忆你的书，让我向这本书的编委会约稿。我欣然从命。这样，我在书的编辑过程中，就有幸读到了顾骧、王若水、王元化等人的文章，知道他们参与了你这篇文章的起草。遗憾的是，顾骧的文章很长，不太适合在篇幅有限的杂志上发表；还有，他只讲到开始起草文章，至于我所关注的其后的事情则留待下篇了。不过，在电话里他告诉我，早在1986年他就在《文汇报》发表了一篇评述你这篇文章的长文——《当代知识分子的心声——〈周扬近作〉编后札记》。

孤陋寡闻的我赶紧找来阅读。这才知道，早在1986年顾骧就对你的文章下了这样的断语："这篇文章，是周扬在新时期十年中理论建树的高峰，或许也是十年中思想理论战线具有重要理论、学术价值的著作之一。"

而在此前后，已经快成为植物人的你，也更加赢得了人们的敬重。曾在中国社会科学院研究生院工作过的前辈郑海天告诉我，在1984年年底第四次作家代表大会之际，数百人联名致慰问信给你，郑海天根据温济泽老的意见执笔，以社科院研究生院的名义送达你的病床前。到1988年，甚至参与胡乔木批判文章起草的龚育之，也"给当时一个方面的领导"两次"上书"，希望"对周扬一生为中国革命文艺事业和马克思主义理论工作作出贡献，给予恰当的、肯定的评价"。

可是，20世纪90年代初，人们不知是有意还是无意，对于发生在你身上的这场公案，不再提了。偶见报刊书籍中有人提及这件事，也是"犹抱琵琶半遮面"，躲闪得让人不得要领。

1995年，《读书》杂志发表了一位老前辈以"常念斯"署名的一篇回忆文章《老泪纵横话乔木》。作者忆起了与乔木交往的往事，感叹甚多。在盛赞胡乔木之余，作者特地表示："近十五年里，乔木与周扬、王若水的对立，我看恐怕乔木是错的。乔木反对提'社会主义社会中同样有异化'，反对提出'马克思主义人道主义'，在理论上，恐也未必对。"

其后，于光远、王蒙、袁鹰主编的《忆周扬》一书出版，有关这场风波的当事人顾骧、王若水、王元化，以及预闻这场风波的于光远、温济泽、曾彦修、龚育之等人都写出回忆文章。另一方面，预闻其事的卢之超也写出了回忆文章《人道主义问题——八十年代那场关于人道主义和异化问题的争论》；2002年出版的

《知情者眼中的周扬》
徐庆全著
经济日报出版社
2003年3月出版

徐庆全多年从事周扬研究,走访了很多他身边的朋友和亲人,展现了一个全面而多元的周扬面貌,开启了尘封多年的一些历史档案和往事。

《胡乔木书信集》公布了胡乔木为自己的文章写给邓小平的信及邓小平的批语。学界在有了更多可资研究的材料同时,多少可以不再躲躲闪闪地直面这一场争论了。

2008年11月,是你的百年诞辰。在周巍峙、于光远、顾骧等前辈的努力下,在人民大会堂召开了"周扬百年诞辰座谈会"。作为一个小辈,蒙老前辈们厚爱,让我以研究者的身份在座谈会上发言,并列入会议议程。

你所阐述的马克思主义的"人道主义"观念,在今天已为广泛承认,并付诸实施。而你在文章中所引用的"异化"概念,并论述的种种现象,在今天则成为写照。二十五年前你说:"由于民主与法制的不健全,人民的公仆有时会滥用人民赋予的权力,转过来做人民的主人。这就是政治异化,或者叫权力的异化。至于思想领域的异化,最典型的就是个人崇拜。这和费尔巴哈批判的宗教异化有某种相似之处。所以,'异化'是客观存在的现象。我们用不着对这个名词大惊小怪。彻底的唯物主义者应当不害怕承认现实。承认异化,才能克服异化。"文中讲到的问题,是朴素的,你的心是火热的。在二十五年后"权力的异化"已经让人触目惊心的今天,在反腐败已经成为当务之急的今天,读读你的这些讲话，还是能感觉到你作为一个理论家的思想高度。你的那篇文章已经留在那里，已经成为人们梳理改革开放以来历史绕不过去的巨大存在。

  周扬先生，青史掩卷，齿印苍苔者几何？你西行路上倒真不必挂怀了。

2011 年 12 月 20 日

致储安平先生

谢泳

储安平（1909—1966年）

民国时期著名评论家，《观察》社长和主编。

1928年入上海光华大学英文系。1936年赴英国伦敦大学做研究工作。1938年回国至重庆，先后担任《中央日报》编辑、复旦大学教授、中央政治学校研究员。1946年9月，在上海创刊《观察》，左右着舆论界自由主义运动的风向。中华人民共和国成立后曾出任新华书店经理、光明日报社总编、九三学社宣传部副部长等职。1957年被作为典型打倒，"文革"中遭受迫害，生死不明。1978年后，55万右派作了改正，但储安依然是不予改正的中央级"五大右派"之一。

谢泳： 厦门大学人文学院教授。1961年生人，山西省榆次市人。1986年任《批评家》杂志编辑，1989年后任《黄河》杂志副主编，转而研究储安平与《观察》周刊、西南联大和中国现代知识分子问题。出版过《逝去的年代》《清华三才子》《血色闻一多》《书生的困境：中国现代知识分子问题简论》等著作。

安平先生：

　　隔了时空，现在给您写信的是一位晚辈。

　　二十年前，我开始接触到您的著作并同时关心您的命运，经过许多人的努力，今天关于您的思想、人格和命运，已有相当多的研究，晚辈在此向您作一简单陈述，愿您在另一个世间能得些许安慰，这是始终关心您思想和命运者同有的心愿。

　　昨天我在孔夫子旧书网上看到您最早的一本小说集《说谎者》，以两千多元的价格被一个人买去，心里感到很欣慰。这一册小书，虽然是您青年时代的作品，但今天还被人关心，其实是对您思想和人格的尊敬。这本书其实早就重印过，对它的内容读者并不陌生，但有人愿意花这么多钱得到一本小书，我想还是为了保留对您的记忆，显示对一个有思想和人格的长者的怀念。

　　2009年7月间，我们在厦门大学纪念您诞辰一百周年，当时望华也从澳大利亚专程赶来参加。1966年夏间，你们最后分别，望华在困境中度过了十多年艰难岁月，后来远走他乡，此次专程回来，以表达对您缅怀之情，父子虽不能相见，但情感找到了另一种表达方式，望华在会上的发言打动了许多人。这是您默默出走后，国内唯一对您的正式纪念活动。当时章伯钧先生的女儿章诒和也来厦门专祭，以表达同罹丁酉之难后辈的沉痛心情。她前些年的《往事并不如烟》一书中，有专门记述您和罗隆基先生的

《说谎者》
储安平 著
上海书店出版社
1992 年出版

这是根据良友图书公司 1936 年 4 月影印版再版的，收录在新月派文学作品专辑中，陈子善先生主编。这是储安平最早的一本小说集。

专文，此篇文章传诵一时，至今时时为人道及。我还想告诉您的是，现在已有相当多的研究者，以您的生平及当年的《观察》周刊为研究对象，硕士论文多达几十篇。前几天我还收到了江西张国功先生的专函，他们出版集团已决定将您的散文集《给弟弟们的信》重新出版。

安平先生，从 1966 年您出走后，您的名字也曾消失了二十多年，直到 1988 年，您才重回人间。又过了二十多年，虽然您出走后给人间留下许多谜团，但可以告慰的是，您的所有著述基本都重新出版，在知识界，特别是新闻界，没有人不知道您这位前辈，您事实上已重回人间并影响知识界的生活，您的许多名言，已长久流传。

虽然您已重回人间，但世间对您的思想和经历还是存有许多谜团。您早年在上海光华读书的时候，当时徐志摩、张东荪、潘光旦、罗隆基等先生恰在光华执教，他们是中国的自由主义知识分子，您早年的思想应当说受他们的影响较大，但那时您也曾给鲁迅先生写过信，还给他主编的杂志投过稿。我想您青年时代的思想，可能一度还不清晰，对自由主义理想的理解和判断尚在模糊中。

木刻版画
失去自由的人们
——我的一段经历

朱宣咸1949年3月作于上海
(1948年上海《观察》杂志被查封事件之一)

《失去自由的人们》,木刻版画,朱宣咸1949年3月作于上海,是1948年上海《观察》杂志被查封事件的写照。

《观察》周刊

储安平于 1946 年 9 月 1 日创办于上海,成为当时自由主义知识分子的主要言论阵地。1948 年 12 月 24 日被国民党当局查封,共出 5 卷 18 期。

后来您到英国游学,在伦敦政治经济学院,接触到了哈罗德·拉斯基的思想,但他思想中最吸引您的,可能不是自由而更多的是公正,是平等和社会主义因素吸引了您,您对社会公平正义的强烈追求,使您对当时国民党的统治进行了激烈的批判,您一直在言论界,没有接触过实际政治,对于执政党真实处境的理解,可能缺少真实感觉。

后辈有一个疑问:1944 年,哈耶克的《通往奴役之路》已经出版,当时美国《读者文摘》曾专门介绍过,潘光旦先生还把它介绍到了国内。您那时正在重庆为筹办《客观》杂志忙碌,不知是否得读哈耶克的大著?以您早年对自由主义思想的倾心,错过了哈耶克而执意于拉斯基,可能在冥冥之中为您后来的命运埋藏了不幸的种子。当时吴恩裕先生也在重庆,他是拉斯基的入门弟子,你们时相过从,您在《客观》上连载了他的《拉斯基教授从学记》,可见那时你们对拉斯基学说一往情深。

1946 年秋天,抗战胜利后,您满怀信心回沪创办《观察》周刊,在西方知识分子中,您发表拉斯基文章最多,而没有注意到哈耶克的思想。

后辈的另一个疑问是:您创办《观察》周刊的时候,多次给胡适写信，让他为《观察》撰稿，但胡先生始终没有给《观察》写一篇正式文章，只是有一次更正了费孝通先生文章中的一处笔误。当时您想过没有，为什么胡适先生不给《观察》文章？当时他是有文章的，但都给了《独立时评》。是不是适之先生对您编辑《观察》周刊的基本思路有看法？

1947年，您发表了《中国的政局》，此文现在已是一篇经典文献，您对当时政局的判断那么清晰，并明确说明了自由的多少和自由的有无的问题，如此清醒的感觉和判断，为何您还要选择对好一点的政权更为不留情面的批判呢？这是否就是适之先生不给《观察》写文章的原因呢？因为适之先生不久说过，"在道义上我始终站在蒋先生一边"。1949年，那时《观察》已被国民党查封，您由上海到北京，在清华和费孝通、潘光旦等朋友判断时局，最后选择留下来，您的这个选择是基于什么样的判断？

丁酉之年，您在《给毛主席周总理提一点意见》的发言中，用了早年罗隆基批评国民党时创造的一个词"党天下"，您的命运从此开始转变，但那篇文章今天读来还是令人感叹，没有过时。丁酉之年的朋友，现在就剩下章伯钧、罗隆基、彭文应、陈仁炳和您还没有改正了。有一段时期，还有人在寻求改正，但更有明识之士认为，不改正更易于为历史记忆，这个判断，不知先生以为然否？

安平先生，还记得您的老朋友季羡林先生吗？他小您两岁，2009年去世了。季先生去世后，《观察》时代列在封面上的撰稿人全部去世，一个时代落幕了。30年代中期，您编《文学时代》时，当时季先生正准备去德国留学，后来寄回了《表的喜剧》。您刊发时，把季先生的两封信，也在"编辑后记"中发表了，当时季先

《储安平与〈观察〉》
谢泳著
中国社会出版社
2005 年 9 月出版
这本专著系统、客观、平实地记录了储安平与〈观察〉的兴衰历史，大量的珍贵史料，完整体现了这位自由知识分子令人难以忘怀的命运轨迹。

生已在德国。您说："我们得恳切地感谢季羡林先生的盛意，他在那样遥远的地方，竟然没有忘了我们这一个稚嫩的刊物，我们在筹备本刊出版的时候，正是他在筹备去国外的时候……他临走时候说，他到了德国，第一篇文章就给我们，我们真得敬佩这样一位守诺的朋友。"季先生信中有两句话："俄国人民是好人民，个个都有朝气。政府却是个怪政府……使你没有自由。"这是他途经苏联时的感想，可他后来回到国内服务，比您更能适应环境，晚年温家宝总理多次去看望他，可惜他已发不出类似于当年你们通信中那样的感想了。如果有一天，季先生和您相见时，重温当年的感想，回首前尘，不知你们会发出怎样的感慨？

最后我想把世间对您默默出走的疑问，再向您陈说：您出走后，至今没有给我们一个确切的音信。有人说，您在北京西山的青龙桥投河；有人说，您在天津跳海；还有人说，您在青岛跳海；更有人说，您逃亡苏联，也有人说，您在江苏出家抑或被红卫兵打死？这些推测，当然对您已毫无意义，我们的追问，只是对历史的一种好奇，或者也是对您人生归宿的一种关切。安平先生，您在哪里？

2000 年 8 月 7 日，我曾收到江苏无锡余允中先生的一封来信，

《盲人奥里翁：龚祥瑞自传》

龚祥瑞 著

北京大学出版社

2011 年 5 月出版

这是法学家龚祥瑞的自传。龚先生是储安平《观察》时代的朋友，书中专门记叙了他们与当时知识分子的交往与论战。

信是这样写的：

谢泳老师：您好！我就是 8 月 1 日给您打电话的读者。关于储安平的生死问题，我一直留意，因我在 1975 年夏季见到的一个人，可能就是储安平。本来想总有人与我有一样的奇遇，等此人出来说见过储安平时再与他对证，以求真实。不然的话就是孤证，孤证总是难于定论的。可是至今未见这方面的消息（邓加荣报告文学里提到的与我见到的不相同，再说没有写明确的人，难以相互验证）。您在电话里要我写出来，我考虑再三，写出来也好，但不希望公开，只希望出现有人与我有同样情况时，您帮着配合相互举证，想来在这方面您的信息来源广。

下面简单陈述如下：

1975 年，我十七岁，上高中，对《水浒传》着迷。因家庭成分不好，常被人欺负，所以对《水浒传》里的好汉很向望，也想学一身武艺。由于少年时的我不知天高地厚，离家寻访山中高手，就像现在的少年看了武侠小说离家一样。在南京郊外的汤山遇见一位近似野人的老头，这人模样怪异，披肩的头发和手脚上像鸡爪子皮

《书生的困境：中国现代知识分子问题简论》
谢泳 著
广西师范大学出版社
2009 年 5 月出版

本书从资料入手，于正史之外探索被忽略的历史细节，分析现代以来知识分子的命运沉浮。通过理解一个时代知识精英的政治理想与文化品质，观察他们的人物命运与精神生活。

的皮肤令我至今难忘。他坐在一块石头上，身旁的一只破篮里放着蘑菇。我当时认定这老头有功夫，便开口要学武，此人听后一笑，说："你还年轻，等三十年过后，火气全无时，再来学。"这样就与他接上了口。我问他高寿，他说一百二十岁。闲语中听出他的口音里有宜兴味，但不明显，因我是无锡人，与宜兴相邻，所以听得出来。当我问他是否宜兴人时，他表情异样，现在想来引起了他的警惕，但异样表情很快就过去了，这样我们就谈起宜兴的人事物。其实是他讲得多，我只是虔诚地附和，当谈到宜兴的大姓——储姓时，他说了多名姓储的人的成就。后来他说：不过也出了一个右派，问我知道不知道储安平这个人。我摇头说不知，其实他提到的一些储姓人，我一概不知。现在回想起来，他提到储安平时，神情是复杂的。那天他的心情不错，也许好久没有与人交谈了，我又是年少无知，他少了戒心吧。他的一些话其实是在婉转地规劝我，有些话很是洒脱。后来回到家里，询问了储安平的情况后，第六感觉告诉我此人可能就是储安平，尽管当时并不知道储已失踪。从此我的感情深处有一种复杂情怀，这种情怀折磨了我好一阵子。一星期后，出于少年朴素的义气理念，再到汤山，证实此人是否就是储安平，但遍寻不着。在一个山洞里见有破席破棉被等物，便坐在洞口等，天将暗时，仍不见有人来便下山。大致经过就是这样。

一晃二十多年过去了，由于对储安平有了进一步的认识，现在越想越觉得那人就是储安平。由于我的文字能力有限，再加上时过境迁，难以描述出当时的情境，一些细节也难于表达。我想汤山并不是深山野林，而且此人模样怪奇，一定还有人见过并记得，也许现在时机不成熟，待条件具备了，会有人出来说明的，到那时，我很愿意与之当面印证，以求证此人就是储安平。为此，我现在不想把我所见公开，以免影响将来印证时的真实性。

我的文字能力差，啰啰唆唆写了许多，给您添烦了，望见谅。

顺祝

平安！

您的无锡读者：余允中　8.3

我现在已经记不起和余允中通话的情形，十多年来也再没有联系，但我对他信中叙述的早年经历还是相信的。安平先生，您能回忆起曾经有过的这一段奇遇吗？您有没有文稿，以您特有的方式留存于世？如果有一天有人发现了，我们该如何判断？

宜兴储家，有一位储传能先生，今年也有八十多岁了，他在少年时曾见过您。2009年，他写了《储安平百年祭》，他说，早年曾与您有过交谈。他还记得"安叔与我等小儿谈及往事，眉飞色舞，自鸣得意"，他回忆说：

十多年后，发现磬山寺有一僧人，酷似储安平，亲友及好事者，群相探访，磬山寺是传说中朱三太子避祸之地，很可能真是储安平的藏身之所。可是人去楼空，斯人不在。有人问询于我，我想起了一段往事：祖父好佛，与僧人往来甚密，磬山寺福元法师是我家常客，他是武僧，一日来访，我等小儿请他略露数招，祖父笑而促之，乃同至庭院。福元猿臂轻舒，兰台梅花零落，袈衫暗转，空阶落叶如扫。安叔是日亦休假在家，当即愿拜福元为师，福元笑道："你是大学生，风华正茂，到你不得已时找我不迟。"居然一语成谶。此僧果是安叔，为何避而不见，我想可能也许他是不愿连累他人，时隔多年，他居然还负疚于心！

传能先生文章中曾提及"文革"期间，您曾回家乡探亲，他还记得储家早年曾与佛教的关系，这是不是促成您在1966年选择无声离开都市，重返家乡，寻找自己心灵归宿的原因呢？

安平先生，家乡没有忘记您。望华来厦门时曾说，宜兴名人纪念馆中有您的位置，不过因为大家明白的原因，不事张扬而已。我们确信您的灵魂已经回到故乡，您离开我们快半个世纪了，但您的思想和人格早已回到人间并永远激励后辈为您曾经的理想而探索追寻，愿您在另一个世界安宁并保佑我们的理想实现。最后再告诉您一个消息，去年祥瑞先生的回忆录《盲人奥里翁》出版了，他在书中回忆了1949年，你们在清华和费孝通的交谈，他非常珍惜和您的友谊，还特别提到1950年复刊后《观察》的几篇重要社论，都是出自他的手笔，我们过去都认为那些社论是您执笔的。您《观察》时代的朋友，已都追随您去，希望你们重聚时，能再述各自的经历，回想意气风发的时代。

愿您安息！

晚辈 谢泳
2011 年 11 月 30 日

致张爱玲小姐

蒋方舟

张爱玲（1920年9月30日—1995年9月8日）

中国现代作家。

本名张瑛，原籍河北丰润。家世显赫，祖父张佩纶是清末名臣，祖母李菊耦是朝廷重臣李鸿章的长女。1944年张爱玲结识作家胡兰成并与之交往。张爱玲一生创作大量文学作品，《倾城之恋》《半生缘》《小团圆》《红玫瑰与白玫瑰》《金锁记》《同学少年都不贱》《易经》《雷峰塔》等，影响深远。不过她的两部小说《秧歌》和《赤地之恋》因政治立场的问题而不能在大陆出版，故如今大陆所出的所谓《张爱玲全集》都是不全的。1973年，张爱玲定居洛杉矶，1995年9月8日，逝世于加州韦斯特伍德市罗彻斯特大道的公寓，终年75岁。

蒋方舟：作家，清华大学毕业。1989年出生于湖北襄阳。七岁开始写作，九岁出版散文集《打开天窗》，十一岁出版长篇处女作《正在发育》，之后又有十多部作品出版。著有《青春前期》《都往我这儿看》《邪童正史》《骑彩虹者》《第一女生》《谣言的特点》等。

张爱玲你好：

那天又想到你，是和人谈起胡兰成。

话头并不是从胡兰成而起，而是从一本叫做《在德黑兰读〈洛丽塔〉》的书开始。伊朗女学者阿扎西从海外归来，回到自己的祖国伊朗教授西方文学，她因为不愿意戴着面纱上课，辞掉了在德黑兰大学的教职，邀请了七名女学生，每周四到她家里贪婪地阅读英文经典。她为女孩子们选定的阅读教材有《一千零一夜》《洛丽塔》《了不起的盖茨比》等。

这本书的主题，是讲在个人自由受到强烈桎梏的大环境下，如何通过启蒙自身，来改变所处的世界。而书里最让我感兴趣的细节，却是当这些秘密阅读小组的妙龄少女读到亨伯特，忍不住震颤和心动，"洛丽塔，我生命之光，我欲念之火。我的罪恶，我的灵魂"——仿佛亨伯特在舌尖所含的是她们的名字。

忽然就想起了胡兰成，像所有的喜爱你、疯狂迷恋你的人一样，我也很讨厌胡兰成，不解你对他的深情。亨伯特和胡兰成一样，其实是非常丑恶肮脏的人，内心有永远也见不得人的一面。

他们的另一个共同点，就是都有种奇异的、能操纵女人的能力。魅，祛不了的魅。比如台湾的朱天文、朱天心两姐妹，就是很明显地在胡兰成语言的操控之中。

不同的是，在对女人永不停息的追求上，亨伯特有种自知的

《今生今世》

胡兰成 著
中国社会科学出版社
2009 年出版

胡兰成坎坷一生的自传,在日本写成,他用婉转的笔触回忆了自己漫长的一生。他说:"我不但对于故乡是荡子,对于岁月亦是荡子。"书名为张爱玲所取。

病态,胡兰成却视其为天下最正当、最美的事业。

胡兰成在给人的信里写:

"……乃至在路上见跛足的或乞丐的妇人,我都设想我可以娶她为妻……此是年轻人的感情,如大海水,愿意填补地上的不平。因由此感情,故山川草木以及女学生,皆映辉成鲜润的了。"

我看了,得比旧文人"红袖添香夜读书"的毛病还要令人憎恶,因为除了风流,还有一种临幸天下的滥爱,自视为上帝、"文人中心主义"——我生气,也是因为对他有先入为主的意见,知道他和你的故事,所以在读这封信的时候,脑海里总有他顾盼生姿的样子。

如果我事先没有这种心理防御,恐怕也很难抗拒胡兰成的魅。

因为你无法把违背社会常理和道德的职责施加给他,他自己有一套标准和与之匹配的语言。比如他在《今生今世》里写:"前一晌我看了电影沛丽,沛丽是一只小栗鼠,洪荒世界里雷火焚林,山洪暴发,大雪封山,生命只是个残酷。它随时随地会遇上敌人,被貂追逐,伴死得遁,而于春花春水春枝下,雌雄相向立起,以前脚相戏击为对舞,万死余生中得此一刻思无邪的恋爱,仍四面都是危险,叫人看着真要伤心泪下。众生无明,纵有好处,越见

张爱玲像。遇到胡兰成,张爱玲"心里是欢喜的,从尘埃里开出花来"。她原以为此生有了托付,然而"使岁月静好"的愿望并没有实现。

得它是委屈。文明是先要没有委屈。"

他把整个文明的概念,落在一只惊惶的老鼠上。把那些庞大的词汇,都浓缩成一个楚楚的"委屈"。虽然我们明知道文明是个庞大复杂的概念,绝不是轻巧的"不委屈"几个字,但是却不知不觉接受了胡兰成的说法。他有自己解释世界的语言,以及评价万物的体系。你永远不能指责他错了,因为标准是他定的。当你去评价胡兰成时,就不得不进入他的世界,参照他的标准,使用他的语言。

胡兰成的这套标准柔情而委婉,所以让人容易沉迷而不能醒。阿城也把胡兰成的《今生今世》借给陈丹青,他在胡的文章中看出了杀气。杀气是藏在一团圆融温柔的香气中吧。连阿城也只找出了一处破绽,说他"兵家写散文:细节虽丰唯关键处语焉不详"。

最喜欢你的书,并不是你二十几岁才华横溢期写的小说,而是一本没写完的《异乡记》。这本书只有三万多字,记录了1946年你从上海到温州寻访胡兰成的见闻。

看得人心惊肉跳,尤其是看你平淡地叙述出自己不那么体面的经历:"请女佣带我到解手的地方,原来就在楼梯底下一个阴

《小团圆》
张爱玲 著
北京十月文艺出版社
2009年4月出版

书中描写女主角九莉幼年在处于新旧时代冲击的传统家族的阴影下长大,到读书时修道院女中的生活,进而与身为汉奸的有妇之夫邵之雍陷入热恋。很多人认为这部小说充满了张爱玲的自传色彩。

全球3000万张迷翘首企盼
极爱玲最神秘的小说遗稿
深摇举世心魂的阅读杰作

暗的角落里,放着一只高脚马桶。我伸手钳起那黑腻腻的木盖,勉强使自己坐下去,正好面对着厨房,全然没有一点掩护。风飕飕的,此地就是过道,人来人往,我也不确定是不是应当对他们点头微笑。"

《围城》里也写到过知识分子逃难的狼狈,但是下笔要克制保留很多,钱钟书嘴角总有一抹嘲弄的笑,要与这乡间的生活拉开距离。不像你诚实得近乎残忍,几乎漫不经心地横刀对自己剖腹,露出惨淡与不堪来。

你流产(抑或是堕胎)过,《小团圆》里写自己直视着抽水马桶里的男胎儿,肌肉上一层淡淡血水,大大的双眼突出。这一幕简直恐怖到了极点,如同排泄物一样的胎儿被冲入排水道,性、虐杀、暴力拥挤在一段让人心碎的记忆中,你却有耐心细细地回忆和描摹这画面。

你对自己狠,也不饶过别人。《殷宝滟送花楼会》写的是傅雷的故事。傅雷爱上了学生的妹妹,一个美貌的女高音。而妻子朱梅馥善良坦荡如菩萨,包容怜惜丈夫一切的暴戾乖张。傅雷和女学生相恋过,最后没能在一起。女学生把故事告诉了你,大概也期待你能写成个如泣如诉的悲歌,岂料在你眼里,他们的爱情并不是段传奇,甚至不算是一段世说新语,而不过又是一段自欺欺人。虽然傅雷在你动笔这篇小说几个月前,刚写过文章夸赞你为"文坛最美的收获",可是你并没有领情,笔下的傅雷不是唐·璜,而是个神经质的虐待狂。

评论家柯灵曾经写过著名的《遥寄张爱玲》来怀念你,满怀深情怀念你的才华。在《小团圆》里,你却毫不留情地写了当初是怎样被他在公车上调戏的:"真挤。这家西点店出名的,蛋糕上奶油特别多,照这样要挤成糨糊了。荀桦(原型为柯灵)乘着拥挤,忽然用膝盖夹紧了她两条腿……就在这一刹那间,她震了一震,从他膝盖上尝到坐老虎凳的滋味。

"她担忧到了站他会一同下车,摆脱不了他。她自己也不大认识路,不要被他发现了那住址。幸而他只笑着点点头,没跟着下车。刚才没什么嘛,甚至于不过是再点醒她一下:汉奸妻,人人可戏。"

你总是把人想象得比真实更坏一些,或者说,你眼光毒辣,发现了甚至连他们自己都没有发现的猥琐心思,并且不惮写出来,不管那人是不是对自己有意,或是有恩。

对胡适先生,你却是少有地留了情面。那时你们都在美国,离开了国内被人追捧、与人热络的环境,而都非常孤独寂寞。胡适先生的处境大概比你好些,也帮了你许多。你当时住在救世军办的宿舍里,性质和待遇就和收容所差不多。

胡适先生来看你,两人往黑漆空洞的客厅里去,胡适先生直赞这地方很好。坐了一会儿,一路出来四面看看,仍然满口说好,分明是没话找话。

你送他到台阶外,天冷,你没穿大衣,却也和胡适先生在凉风中站了许久。那是你们最后一次见面。你刻薄的笔力并没有捅

《异乡记》
张爱玲 著
北京十月文艺出版社
2010 年 12 月出版

本书是张爱玲的自传性散文遗稿,是她在 1946 年由上海往温州找胡兰成途中所写的札记,也是她日后创作时不断参考的一个蓝本。

破和揭穿什么,即使内心清明,最后仍然尊称胡适先生为"偶像"。

对亲人和至交,你甚至都没有那么友善。你后来和好友炎樱断交,几乎老死不相往来。在后来的通信里,炎樱问你为什么莫名其妙不再理她,你说:我不喜欢一个人和我老是聊几十年前的事,好像我是个死人一样。你的弟弟张子静,你在《童言无忌》里说他"实在秀美可爱",听到别人说他种种不成器,你则比谁都气愤。他后来向你寻求救济,你却分文不给,以至于他也写书诉述你的冷漠。

"任是无情也动人"——不相干的人恐怕会这样说你,相干的人则只觉得无情。你却说自己"所有人都同情"。我想到有人曾经问徐梵澄先生,说鲁迅为什么这么刻薄,这么好骂?徐梵澄先生说:"因为他厚道。厚道是正,一遇到邪,未免不能容,当然骂起来了。"

角度不同,冷暖自知吧。平常事物,你比别人更早看到更深一层的苦难,急急别过脸去,人说你无情,其实是同情至深。

你遇到胡兰成时二十三岁,我遇到你时七岁,如今也快二十三岁了。先是看你的文章,然后研究你的人生,时而背离,时而叛逃,时而万有引力一般地靠近你的人生。

你说生活就像你从前的老女佣,叫她找一样东西,她总要慢条斯理从大抽屉里取出一个花格子小手巾包,去掉了别针,打开

中年时的胡兰成。似乎因着张爱玲，人们才常常提起胡兰成。在他心里，张爱玲只是生命中一段并不刻骨铭心的插曲。

来轻轻掀着看了一遍，照旧包好，放还原处，又拿出个白竹布包，用一条元色旧鞋口滚条捆上的，打开来看过没有，又收起来；把所有的包裹都检查点过，她对这些东西是这样的亲切——全是她收的，她找不到就谁都不要想找得到。

你被时代推着走，只能从后往前推测人生的结局怎样才能美满些：若没有爆发战争，若留在了大陆，若没有逃到美国，若晚年回到香港……全是一堆无从选择的选择题。

如今，我的生活也成了这样一个慢吞吞的老女佣，求之不得的无奈多过踌躇满志，事与愿违的情况多于种瓜得瓜。无论自己抑或是时代，都看不清前路在哪儿，也不知道走哪步会满盘皆输的错。这时总想起你的话来："我们这一代人是幸运的，到底还能读懂《红楼梦》。"这是文学仅剩的安慰，以及最后的退守。还能读懂你，我想我也是幸运的。

学生蒋方舟
2011 年 12 月 22 日 凌晨

阿兰·罗伯-格里耶先生收

刁斗

阿兰·罗伯-格里耶（1922年8月18日—2008年2月18日）

法国"新小说"流派的创始人，电影大师。

20世纪50年代至60年代，以罗伯-格里耶、克洛德·西蒙等为代表的一批新作家公开宣称与19世纪现实主义的文学传统决裂，探索新的小说表现手法，法国文学评论家称他们为新小说派。这类小说重在揭示世界和人生的荒诞，在世界范围产生重大影响。罗伯-格里耶最具代表性的作品是1953年出版的第一部小说《橡皮》，其他代表作有《窥视者》《嫉妒》《重现的镜子》《昂热丽克或迷醉》《科兰特的最后日子》等。他曾于1984年、1998年和2005年三次来到中国。

刁斗：作家、文学评论家，原名刁铁军，辽宁沈阳人。著有《私人档案》《证词》《回家》《骰子一掷》《独自上升》《痛哭一晚》《为之颤抖》《重现的镜子》《受情是怎样制造出来的》《我哥刁北年表》《亲合》等。

老罗你好：

　　从未打算给你写信，也就没想过称呼问题，现在写了，轻叩键盘，敲出来的称谓竟熟稔亲热，显然，下意识里，我是把你当朋友的。我没套瓷，我有证据。十七年前，在我居住的沈阳，北陵小区有了我独立的书房，七年前，它又被我移入汇宝花园，但不论在哪，我书房里，没被书架覆盖的几面墙上，唯一的装饰始终是你，是一张有你的黑白照片，镶嵌在比一本大十六开杂志还大一圈的木相框里。是的，那张我当年特意请朋友扫描放大的合影照里，还有也让我喜爱的萨缪尔·贝克特，还有娜塔莉·萨洛特和克洛德·西蒙等共计六人，但多年来，它得以恋人般与我厮守，又的确因为你在其中，且居有一个醒目的位置。

　　因为我，我不知你耳朵是否热过。近三十年了，念叨你，都让我显得婆婆妈妈，对你的责难之声越是喧嚣，我越要把你挂在嘴边，如同有意跟人抬杠。我没想替你辩护什么，有价值的存在无须辩护，那些持续的争议、反复的指摘，哪怕充满挖苦讥讽，所彰显的，也是存在本身的勃勃生机。我常常念叨你的名字，其实是给自己打气，是给自己的心慕手追校正航向，就好像，一个运动员即使远离赛场正在休假，对教练教授的技术要领，也该虔诚地口默心诵。没错，老罗，我的技术要领，正是你那由多见的"·"和少见的"—"所连缀而成的好听的名字，至少，那名字是我技术

《橡皮》

罗伯-格里耶著

讲述了一个发生于 24 小时之内的枪击与死亡之间的故事,在结构上打破了按时间顺序发展情节的格式。

要领中一句重要的口诀。我不懂法语,我念叨你,由于沿袭了早期习惯,常把"罗伯"说成"罗布",或读"格里耶"为"葛利叶",但郑重其事地书写你时,"阿兰·罗伯-格里耶",每个汉字都准确无误。我强调这点,是想借此向陈侗致意,他编你书时,就这么为流通于中国大陆的你统一了译名。我不认识陈侗。早年他做博尔赫斯书店,我多次邮购他店里的书,一度把期待广州邮件当成了幸福。后来来往就中断了。如果我的记忆准确,我与"博尔赫斯"的句号是这样画的:在那间蕙心兰质的书店歇业前夕,店方来信,说那里尚有我的余款,因为我欲买的书已无法出版,他们问我,是否另选别的图书,或将钱退我。我回信说不买别的,也不用退钱,就以那点可怜的余款当纪念吧,纪念一段愉快往来的黯然夭折。后来,则完全因为你,陈侗再度走进我的视野,重新成了我敬重的对象:他持之以恒地向中国读者推介你时,果决之中含着谦和,固执之下透着羞怯,就好像刚炮制出一篇新颖的小说,得意之余又略感唐突;他陪你游走完南部中国,深感遗憾的,竟是没能邀你同去色情场所看脱衣舞表演,进而不无自责地发现,在我们人性的生活中,"少了一点别的东西"(陈侗语)。

你最早进入我的文学生活,是我大学刚毕业时,有一天,从朋友手上，我偶然拿到了你的《橡皮》。在那前后，我始终是侦探小说的热心读者。可与你相伴，我却发现，你的"侦探"与众不同，它演示给我的是"悬疑"的力量：它不从模糊走向明晰，倒把明晰转化成模糊。显然，你并非只侦查了某桩案件，而是探究了我对这个平滑世界背后的褶皱开始萌生的质疑性认知。可能就是通过你这块"橡皮"，我第一次审视了我的文学观念，并对其做了"磁盘清理"，怀着一腔破坏的快感，涂去了许多幼稚的东西、可笑的东西、约定俗成的东西和假冒伪劣的东西。你以犹疑和黏滞为叙述特点，在不动声色中暗藏玄机，在条分缕析时制造混乱，你的遣词造句，似乎只重表演而拒绝表达，戏谑般地取消了仿佛天赋给读者的基本权利：不再满足他们从一个完成了的故事中寻找什么的懒惰要求，而鼓励他们调动自己的智力与经验，走向片段和局部，走向空白和虚无，走向支离破碎和不知所云，去行进着的故事中创造什么。你的文本别开生面，反常识地以不稳定的情节作为支点，还根本不在乎故事的大厦建起来后，是否歪歪扭扭、晃晃荡荡。这真让我大开眼界，更大有所悟：与思想的谜团、情感的困惑相比，情节的谜案、际遇的困窘竟是那么苍白，而情节的谜案和际遇的困窘，只有与思想的谜团和情感的困惑相连通时，把玩起来才更有嚼头。由你这类美学趣味所衍生的小说，在那之前我也读过，但只为了解，未当楷模，能把它们榜样的力量发掘出来，无疑应该归功于你。很快，"新小说"就成为我文学字库里的关键词了。我从《外国现代派作品选》里领教了你的"客观"，又从《法国作家论文学》中了解了你的"主观"，还经由柳鸣九主编的"法国二十世纪文学丛书"，译林社出版的"译林世界文学名著·现当代系列"，一路跟进到陈侗立体呈现你的"白皮书"里。这是一个

《外国现代派作品选》
袁可嘉　选编
上海文艺出版社

漫长的交往过程，因其漫长，就既有试探的余地，也有证伪的机会。我反复地试过证过——冥顽的接受习惯，不能不在我心头刻上以作品的社会学指标为金科玉律的审美烙印。试证的结果让我踏实，我真正明白了我认同什么，跟什么更臭味相投。我很荣幸，引你为友是我明智的选择。

像你这样的文学朋友，多年里我结交了不少，比如和你合影的贝克特，比如给陈侗书店提供名号的博尔赫斯，还比如那个你渴望成为其继承者的、总为是否结婚而犹豫不决的弗兰茨·卡夫卡，还比如那个你精细评介其作品的、在观念上有一点法西斯主义倾向的依塔洛·斯韦沃……他们给我的文学刺激，与你相比一点不少，甚至还多了些学习借鉴的可操作性。可对你，我始终怀有特殊的感情，更愿意把你这个他们中的小老弟，当做他们的全权代表——当我念叨你的名字时，我念叨的，其实是一个众多的你，是众多的你联手酿造和共同传布的文学精神。但一直以来，我又没太想好，我何以单单以你代表你的诸兄弟。是因为你我之间缔约最早吗？还是"为了一种新小说"（你的文集名字），你高度自觉的努力更有的放矢和刺刀见红？或者，是一个被动的文学流派偶然引发的"团体效应"，给你这领袖式人物招惹的攻击太过激烈，

1969年11月，罗伯-格里耶在巴黎的办公室。

罗伯—格里耶导演的电影《不朽的女人》海报（1963年）。

基于义愤，我把为你挺身助威当成了捍卫艺术真理的道义与责任？事实上，如果让我投票表决，对你和你所代表的众兄弟加以比较，不好意思，我给你的分数可能不会太高，毕竟，裁判一个作家的贡献和地位，并不是对艺术额度的简单分配，还需要历史主义意义上的综合考量。但我反对的，不是你的隐晦或者艰涩，也不是你的极端或者偏执，不是你的冷漠，不是你的琐碎，不是你结构的缠绕句式的繁复意指的含混以及口味浓重的色情与暴力。不，不是这些。这些东西，别人可能会分别反对，我却不吝于悉数收罗，并很乐于陶醉其中，因为正是它们，调出了你这杯怪味鸡尾酒，过滤了熟腻，溢散出新异，让我喝下去后，把眩晕能发酵成形而上学——小说的格物，终为致知，以格物生趣固然很妙，由致知通道则为大好。我对你唯一不满足的，是你太放任电影消耗你的时间，而未能进一步集中精力，对你小说的杀伤力和颠覆性加以完善。依我对你的逻辑判断，你给了我的和该给我的，其间尚有一段距离。可遗憾的是，自然规律已抢先出手，让你这个"弑君者"（这既是你的小说名字，也是你的文学身份）成了被弑者，从2008年2月开始，我寄望你弥补的距离已是真的距离。

对不起老罗，以这样的理由去要求你，我知道无理亦很无聊，甚至无耻。爱不是将被爱对象纳入教条，而是对被爱对象的有板有眼与旁逸斜出，一概持以欣赏的态度。就我个人看来，你的全部文学理念与文学创作的互动式印证，是一笔远超过许多伟大的单一作品的伟大遗产，如果说创作和理论是艺术实践的两条臂膀，那么，在为数不多地以双手撑持20世纪下半叶现代主义半壁江山的小说家中，你是其间的巨人之一。你的自足性与自洽性，特别是你不仅在技法上更在意识上对虚构艺术的开拓性应用，完全有资格在融入传统时创生传统，恩惠于后世所有的艺术，以及人的思想。当然，早在你还活着的时候，新小说就被判定为正在式微或已经失败，甚至整个现代主义的文学精神，都受到了幸灾乐祸的否定与清洗。但如此这般的生态波动，是事物演化的规律之一种，我对你以及你所代表的兄弟们的热爱与忠实，从未因之产生动摇。道理很简单，我热爱并且忠实于生活。生活就是艺术，艺术离不开想象，自从"上帝死了"（尼采语）以后，你和你的兄弟们的创作实绩已充分表明，在这个病因愈益繁杂的世界，你们是真正具有洞察力和预见性的想象大师。

老罗，我得承认，你给予我的已足够多，我的不满足只是意气之辞。作为朋友，我虽然从未以直接的方式向你致谢，却一直以我喜欢的间接的方式，遥遥地向你表达着感激。我曾通过你的《窥视者》发动故事（《捕蝉》，1995），也曾让你作品的名字为我所用（《重现的镜子》，2001），还曾把一部长篇小说作为礼物题献给你的妻子也包括你（《角色与情境》，2010）。关于题献这个话题，我多说几句。2011年，我原名《角色与情境》的长篇小说出单行本时更名为《亲合》，它使用原名的删节本，则发表于上一年九期的《作家》杂志，那期《作家》，还同时刊发了我的创作随笔，是罗伯-格里耶导演的电影《漂亮的女俘》海报（1982年）。

在随笔的结尾部分，我向你们夫妇呈上了题献：

我喜欢法国小说家罗伯-格里耶三十年了。以前还有喜欢的理由，后来就没了，光剩下喜欢。喜欢他成了我的习惯。恋爱的时候我就这样。2008年年初，修改《我哥刁北年表》时，我买到了罗氏妻子卡特琳娜·罗伯-格里耶的《新娘日记》，一口气读完，我觉得我没喜欢错罗氏，同时，在幻觉中，我的新小说也浮出了水面。这是一个单纯的因果关系的结构过程，由感性出发抵达理性。小说的艺术恰好也如此，对接感性与理性时天衣无缝。

我想冒昧地把《角色与情境》献给小个子女人卡特琳娜，以及她丈夫。

嗨，老罗，你和卡特琳娜，有兴趣接受我的小礼物吗？好了不多说了，纸短话多，言不尽义，反正"去年在马里安巴"（你的电影名字），我们已约好了地狱里见——地狱热闹，比天堂好玩，或如你所说，你游逛的那个世界和我混迹的这个世界都像迷宫，是"不稳定的，浮动的，不可捉摸的"，因此，原本也就没什么天堂。

刁斗 2011岁尾

致赵越胜兄

崔卫平

赵越胜

人文学者。"赵越胜沙龙"创建人。

1978年进中国社科院哲学所,参加筹办《国内哲学动态》。1979年进社科院研究生院,读现代西方哲学。1982年进社科院哲学研究所现代西方哲学研究室。其创建的沙龙,对20世纪80年代中国大陆公共文化空间的营造具有较大贡献。1989年,移居法国经商。著有《暗夜里执着的持灯者》《我们何时再歌唱》《带泪的微笑》《骊歌清酒忆旧时》《燃灯者》等。

崔卫平:1956年生人,江苏盐城人。北京电影学院教授。

1982年南京大学中文系本科毕业,1984年获文艺学硕士学位。主要从事思想文化评论写作,并译有当代中东欧思想及文学。著有《积极生活》《正义之前》《我们时代的叙事》《思想与乡愁》等。

@北京崔卫平//转发

卫平：昨天正想给你写几句话，就鬼使神差地读到你的文章《迷人的谎言》，莱妮·瑞芬斯塔尔是个病例，这个病我称之为"暴政暴露癖"，张艺谋也可算一个小小病例，只是他缺乏莱妮的天赋才气，却更多奴颜媚骨，所以较之莱妮，他病得猥琐。他借秦始皇来谄媚当局的片子，你已经批判过了。

你文中论及美与道德的关系，我还需好好想一想。因为马尔库塞也从浪漫主义出发，却坚持美是人类自由的最后庇护所。我们该怎样定义"美"？美中的道德内容该如何界定？我心仪"美是自由的形式"，自由是道德判断，形式是艺术判断，这个定义能否论述周全？

越胜

越胜兄：

用写信的方式来讨论美学问题，让我有回到70年代的感觉。那是你的年代，你与周辅成先生的年代。你迄今仍然保留了对于基本问题思考的习惯，这正是今天这个功利主义年代最为缺乏的。让我来试着回答你的问题吧。

我说，莱妮·瑞芬斯塔尔不仅是政治上出了问题，而首先是美学上出了问题，对于一个艺术家来说，是一个更加严重的批评，

《燃灯者》
赵越胜著
湖南文艺出版社
2011年9月版

收录赵越胜回忆恩师周辅成的文章。一段朴实的师生情，谱写了一曲精神长歌，展示了一代大师的风景与情怀。是一本重要的心灵史和思想启蒙史著作。

我批评的是她不专业。尽管她在替希特勒塑造形象、制造效果所采用的技术方面，看上去很专业。但是她的美学观，是一种多么虚幻的东西。

而且在这个问题上，她从来没有反思过。60年代她还说："我只能说，我本能地着迷于任何美丽的事物……那些纯粹写实的、生活断面的东西，那些一般的、平庸的东西，我都是不感兴趣的。"在很大程度上可以说，恰恰是这种美学观，令她在丑陋的法西斯面前失去了抵抗能力。

这位瑞芬斯塔尔无疑根植于德国浪漫主义传统。1933年6月，她送给希特勒一部《费希特作品集》，她知道希特勒是个费希特迷。后来希特勒在这本书的几百页纸上，用"连续不断的下划线、问号、感叹号在空白处作了批注"。（《极权制造》）而这本集子，最早是一位高山电影的制作者范克送给她的，是这位范克把瑞芬斯塔尔带到了电影道路上。在某种程度上，这位费希特可说是在瑞芬斯塔尔与希特勒之间精神上以及美学上的秘密通道，是他们共同的出发点。

我们知道，整个德国浪漫主义（包括黑格尔、谢林、费希特，到诺瓦里斯、施莱格尔兄弟），沉浸在二元对立的世界图景当中：

1934年9月，瑞芬斯塔尔（右一）在纽伦堡纳粹党党代会期间拍摄纪录片《意志的胜利》，左为希特勒。

电影《蓝天使》剧照，左一为女主角玛琳·黛德丽。瑞芬斯塔尔曾希望出任该片女主角，但未获成功，这也促使她自己成为一名导演。

不仅是精神与物质的对立，而且是文化艺术与社会政治之间的尖锐对立。前者被描绘为高超高妙的，后者则是粗鄙的、缺乏生命力乃至庸俗的。有批评者始终在说，这是德国资产阶级（或小资产阶级）根深蒂固的软弱性。费希特是在这些群峰当中涌现出来的一个"顶峰"。他用来弥合这两者之距离的方案是"绝对自我"，一切都是由这个"自我"而生出，一般称之为"物质世界""感觉世界"在他眼里只是"非我"的体现。他处理问题的方法，只有导致所面临的世界进一步分裂和割裂。

这一套呓语般的东西，如果仅仅停留在文化人自身的领域，还不至于有什么大问题。就像瑞芬斯塔尔在她独立导演的第一部电影《蓝光》（1932）中体现的那样。这个片名令人想起浪漫派诗人诺瓦里斯那朵神秘的"蓝花"。影片的故事冲突架构在一小段发出蓝光的水晶石与愚昧的乡民之间。年轻人受蓝光的吸引，梦游一般跟着它走，然而只有一个女孩能够抵达它，这就是瑞芬斯塔尔自己扮演的叫做容塔的女孩，结局是村民们出于贪婪取走了水晶石。蓝光消失，女孩摔下山崖。这个故事实在有些无聊，但是它所释放出来的某些信息，倒是能够说明瑞芬斯塔尔的某个起点：世界被分割为两张面孔：一张是纯净、高远和美的，另一张是丑陋、肮脏和俗不可耐的。

这种割裂的世界图景在德国文化中有着深厚的基础。而一旦它移步现实，灾难就在眼前。

希特勒是个不得志的画家，戈倍尔是个不成功的小说家，还有纳粹集会的总设计师施佩尔，是个前建筑师。这本《德国历史的文化诱惑》的作者，形容这些纳粹首领"小型内部会议"，成了艺术"落选者俱乐部"，"野心昭著的政治会谈掩盖的是深深的文化落寞"。

　　这些人按照一种割裂的世界图景来分割人们,其中的一部分人便被认为是肮脏的、讨厌的,不配在这个世界上存在。他们同时根据自己的"绝对自我",创造出属于他们自身的现实。因为在艺术中缺乏创造性,他们便把"创造"的热情,转移到现实方面去了。戈倍尔甚至认为国家社会主义政治同时代表了"最高形式的艺术"。实际上,这些人从来也没有放弃从事艺术的梦想。

　　那么,越胜兄,我们会看出,其实不存在一个笼统的"美"与"自由"的关系。马尔库塞的"美是人类心灵自由的最后庇护所",这是一个哲学家的抽象表述,并没有进入具体到美的行为或者艺术的行为当中去。而一旦进入具体到美或者艺术的情景,就会有一些具体的区分。纳粹德国的一切表征上都充满了"艺术气息",但那不仅是坏的政治,也是坏的艺术。这批二三流艺术家,当他们在艺术中缺少一点,在政治中却"溢"了出来。

　　瑞芬斯塔尔本人也是一个前失败者,她跳舞的梦想因腿部受伤而搁浅,其后最大的愿望是当一位摄影棚里的女明星,她曾十分希望出演《蓝天使》的女主角,然而这一角色却被玛琳·黛德丽获得。挫败的经验才促使她自己当导演。

　　瑞芬斯塔尔在哪里输给了玛琳·黛德丽呢?

　　两人的年龄相差一岁,都是在一战之后柏林开放宽松的气氛中长大。黛德丽在《蓝天使》首映式的当天,搭船去了美国,迅速成长为一位耀眼的国际女明星,在好莱坞接连拍片,一时风靡全球。她的某些性感姿势一直影响到比如麦当娜。后来她又飞跃成一位著名的反法西斯战士,令人刮目相看,同样彪炳千秋。

　　这两人之间的区别简单地说,就是——瑞芬斯塔尔有个性但

《极权制造》
斯蒂文·巴赫　著
程淑娟　王国栋　译
新星出版社
2010年7月出版
描述并评价了与希特勒纳粹政权纠缠不清的传奇女性莱妮·瑞芬斯塔尔的一生。

不拥有自身；黛德丽拥有属于自身的个性；瑞芬斯塔尔仅仅知道自己的个性，而黛德丽了解自己的途径，也是她建立与他人联系的途径。

相对来说，瑞芬斯塔尔有一个小康背景的家庭，她跳舞也好、拍片也好，有那位年轻犹太银行家索卡尔赞助（她很快将此人忘得干干净净）。黛德丽不同。黛德丽六岁时父亲死于心脏病，九年之后继父在一战中身亡，她早早担负起家庭的经济责任。她的日程表总是排得满满的：在夜总会当歌女，在戏剧舞台上演出，包括拍电影。到1929年，她已经出演了十七部影片。也就是说，当瑞芬斯塔尔追求她的个人梦想、沉浸于她自己的理想图景的时候，黛德丽却始终漂泊在世俗生活的河流上。当然，黛德丽也是一位独立、开放的女性，不太在乎周围人对自己的看法。

那位出生于奥地利的好莱坞导演斯坦伯格是对的。《蓝天使》这部影片不适合瑞芬斯塔尔。酒吧里嘈杂的环境，粗俗得刺耳的舞台，巡回演出队来来往往马戏团般的生活，所有这些五花八门的东西，无法与严肃、纯洁的瑞芬斯塔尔小姐相调和。她刚刚从高山电影中走出来，身上还带着山顶冷冽的空气，尽管很想成功，但是有一种与周围环境格格不入的格调。

斯坦伯格对于黛德丽的评价是矛盾的。他对瑞芬斯塔尔说的是："玛琳性感，是斯芬克斯型的，你与她不同。"这么说，黛德丽是一位诱惑的代表。而另一种说法由导演的儿子许多年之后传达出来，这位雄心万丈的导演所要寻找的是一位"不存在的人"，而这个人正好就是黛德丽：她"不刻意给人留下深刻印象，冷淡然而无私。对眼前发生的事情毫不在乎"。一个人兼具诱惑与冷淡是怎么回事？当所有的人将目光投向她，她却显得仿佛不在场！

这是一个有所历练的人，在历练中学会了把握自己，体验自己和控制自己。性感并富有诱惑性，是这位女性天生具备的东西，她的生命是开放的，她整个人是放松的。与此相关的第二个层面是，她能够与自己贴近，善于与自己贴近相处，因而能意识到这些正好在自己身上存在的东西，肯定和享受它们，不管是好是坏，把它们接受下来。这种对于自身的敏感与意识，是精神活动的一个较高层次而不是较低层次。相反的做法更为流行——始终否认自己，潜意识中不停地做出各种埋汰自己的小动作。

第三，当她意识到自己身上的好东西，或将自己当做一件好东西来体验，她又并没有因此而傲世，觉得自己很了不起，她让自己身上的歌声控制在某个范围之内，而不去扰民，不至于扬扬得意，谦虚得像个绅士，同时又慷慨大度。这位黛德丽女士的确说过自己"在内心中是一位绅士"。哦，一位性感的绅士，亏她想得出！作为演员，"大度"是一个很重要的品质。让所有人看到，让观众满意，但是他们带不走这个人。她始终停留在自身当中，扎根在自己身上，不为四周的喝彩而晕倒，不为周围的激荡而激荡。这样她才有可能继续施舍四方。

瑞芬斯塔尔的风格完全不一样。如果说，黛德丽是一个世俗主义者,她的光芒是从世俗生活、世俗肉体中升起来的,那么,瑞芬斯塔尔是一个"理想主义者",而且是这样一种理想主义者,始终想要拔着自己的头发离开地面,觉得自己所站立的地方是令人屈辱和不能忍受的一些东西。她这个人也是乏善可陈,除了抛弃自己,别无他途。你看她那个早期舞蹈片段,看上去抓狂、痛不欲生:头发蓬乱,四肢弯曲,两眼放光,迫不及待地要去往另一个地方。然而,对自由的向往,并不等于找到了自由的感觉,正好处在自由当中。看她两边僵硬耸立的肩部,像穿着垫肩似的,可以看出这个人处于紧张不安的束缚之中。

她的那些高山电影,打破了女性不能登山的传统,其坚强的个人意志应该有令人感佩的一面。然而,那伴随着十足的征服劲头:她与高山的关系不是平等的和平行的,而是为了借此显示自己不同凡俗的超拔精神,仰视高山是为了仰视自己。在高山峡谷里回荡飘扬的,不是高山之歌,而是自我炫耀之歌。一方面她要突破自身,但是另一方面她又在自身与周围世界之间建立了一道坚固的墙壁。比较起黛德丽,她是吝啬的。《蓝光》中的她,宁愿忍受孤独牺牲而不愿意与普通人们"同流合污"。她搞的是"坚壁清野""孤芳自赏"的政策。她喜欢强调自己"天真无邪",这从另一方面也说明了她不善于体认自己,不拥有关于自己的恰当知识。实际上,这个阶段她的性生活处于紊乱状态,她与周围的摄制组的男人们(导演、摄影师、制片)随意做爱,"就像片场休息",有人形容道。

她并不面对自己,不善于体验和把握目前的自己,处理自己生命中的晦涩、幽暗。她宁肯将它们遗忘脑后,以一种单纯、光鲜的面目示人。她表现出来的,是她想要人们看到的,而并不是她身处的那个自己。在1992年拍摄这部传记片时,她仍在要求摄影师将光从面部打过来,这样可以减少皱纹。费希特的"绝对自我"昭示一个想象的自我,从来也不将这个人带到她自己面前。

她与自身是断裂的。她有个性,有一种张扬的个性,张牙舞爪也叫个性,然而却并不拥有自身。她继而用对于自身的"美"的期待,去要求这个世界,将其中一部分看做美的,另一部分是不美的。从为纳粹拍摄开始,到60年代去非洲拍摄《最后的鲁巴人》,她始终热衷于她认为是"健康、漂亮、年轻"的面孔,他们看上去生气勃勃,而对于老人、弱者、被遗弃的边缘人们不屑一顾。

黛德丽体现了中国人所说的"出污泥而不染"。她从那个嘈杂混乱的环境中走出,她也从自身出发,伸展到一个更加广阔迷人的领域。与这位斯坦伯格导演后来的合作中,除了显示出迷人的女性气质,她还显示出迷人的男性气质。她戴礼帽、拿手杖、穿男装的样子同样令人倾倒。她心中那个慷慨绅士的一面被唤醒之后,终于获得了外在形象。然而用"中性"来形容她是完全不合适的,她同时释放不同性别的魅力,她朝向自己人性的深处掘进得更深。她唤醒了自己身上沉睡的东西,给它们以广阔的天空,让它们自在地生长。

如果问我什么是"美"的?那我要说,美需要有一个起点,有了这个起点才能够上升。在起点上拥有的,在终点上才会出现。这个基本的起点叫做"返回",返回自身内部或者返回事物内部。黛德丽和瑞芬斯塔尔都想把自己弄成艺术品,然而一个起点是返回自身,一个起点是离开自身。一个认为返回自身,才能给这个世界贡献一份礼物;一个认为世界上的好东西恰恰不在自己这里,需要满世界去找。

如果要我回答艺术与道德的关系,那么我要说,这种关系包含在艺术家与自身的关系之内。正是这种与自身的关系，体现了艺术的伦理。一个人对自身诚实，才能够对这个世界保持诚实。忠于自身的艺术家，才能够忠于这个世界。即使这个人的作品暂时不被周围环境所接受，但是如果他对自己是忠诚的，那么必然包含了一种道德在内。当然，艺术中对自己的忠诚，需要一种特殊的洞察力，才能做到不落俗套。

如果要问我艺术与自由的关系，那么我要说，艺术家不违背他自身，能够从他自身出发而生长、掘进与延展，扩大了这个人生存的界限，便体现了这个人的自由。他是自在并生长着的，他的作品才是自由的，读者也才能够从中读到自由，受到自由的感染。当他在拓展自身自由的界限时，他也在拓展他人自由的界限。

就好像每个人有他自己本身一样，这个世界上所有人、万事万物，都有他/她/它的"本身"（himself、herself、itself）。如果希望找到美，那么请先找到这个 oneself 的地平线。艺术家的工作，基本上是一个"引蛇出洞"的工作，是找到这个"self"的洞口，在这个洞口喊话，循循善诱，努力将其本身的潜质调动出来，将其特质辨认出来，让其中的灵性解除符咒，自动开口说话，发出自己的歌声。在这个意义上，艺术家不过是个记录者、是个催生婆。当然他/她要掌握一些技巧才能完成这些，才能去掉覆盖在事物身上的不实之词。

美是发现，而不是发明。如果认为在不同的对象身上，不同的人身上，都有可以挖掘的可能，都有其未曾显示的深藏的一面，艺术家需要身怀利器与这个东西碰撞，碰出火花和结晶来，那么，便不可能将这个世界本身直接割裂为"美的"和"不美的"两个互不沟通的部分，像瑞芬斯塔尔那样。表面上看，进入瑞芬斯塔尔视野中的事物是"美"的，光鲜平滑的，然而，她的美学观本身，恰恰是如此粗鄙甚至有点恶俗，她的眼睛没有很好地训练过，她不知道在那些粗糙不齐的事物身上，在那些被遗弃的对象身上，可以发掘更多的美的内涵，与人的精神能够匹配的东西。

说到"艺术的不道德"，我首先指的是这个：用一种平面的眼光，将丰富立体的世界处理成光滑如镜，就像风景照上所显示的。越胜兄提到张艺谋，为暴君辩护的《英雄》是他的病灶，而他美学上的堕落，更体现在他已经变成一个装修匠、糊裱匠和漆匠，变成一个形象工程师，弄一些鸡血、狗血洒到这个世界上，说那就是美。他的电影越拍越像"明信片"，去年这部《山楂树》，空洞苍白，回避任何真实生活中那些硬碰硬的东西，反而用一层虚幻的玫瑰色，将它们包扎起来。许多年他一直在做的"印象系列"（印象·西湖、印象·丽江、印象·海南岛、印象·大红袍），目的就在于将眼前的东西刨得光滑，只有光滑不起皱纹才能进入他们的眼帘。真是难以想象摄影师出身的张艺谋本人，是如何接受这种东西的？难道他也是从一开始就没有建立起恰当的美学眼光？

如果说有什么极权主义美学，那么这就是。为什么需要整齐划一、为什么热衷于步调一致？那是需要扼杀一切来自 oneself 方向上的东西，拒绝和抹杀来自人们自身或事物自身内部的东西，认为所有这些不是顺着权威手指方向看过去的东西，没有被他们命名或者吸纳的东西，处于他们之外的东西，就都是噪声和杂音，是前来挑衅的，或者是低级和低贱的。为了达到这种表面的光滑效果，什么造假都可以。很难说——是这种不道德的美学，帮助制造了极权主义体系；还是这种体系之下，才会产生这种恶劣的美学？但至少有一点是肯定的，这种体系十分依赖于这种美学，它对于艺术的依赖，超过了任何一种体系。

　　呵呵，先说到这里。作为一封信，谈得有点多了。奇怪，我们只见过一面，就使得我毫无顾忌地谈论这样细致的问题。我是通过你的朋友了解了你，你出国之后，我业余从事的一桩事业就是，挨个儿地继承了你的朋友。

　　祝愉快！

卫平

2011 年 11 月 24 日

和崔卫平谈纳粹美学

赵越胜

崔卫平

1956年生，江苏盐城人。北京电影学院教授。1982年南京大学中文系本科毕业，1984年获文艺学硕士学位。主要从事思想文化评论写作，并译有当代中东欧思想及文学。著有《积极生活》《正义之前》《我们时代的叙事》《思想与乡愁》等。

赵越胜：人文学者。"赵越胜沙龙"创建人。1978年进中国社科院哲学所，参加筹办《国内哲学动态》。1979年进社科院研究生院，读现代西方哲学。1982年进社科院哲学研究所现代西方哲学研究室。其创建的沙龙，对20世纪80年代中国大陆公共文化空间的营造具有较大贡献。1989年，移居法国经商。著有《暗夜里执着的持灯者》《我们何时再歌唱》《带泪的微笑》《骊歌清酒忆旧时》《燃灯者》等。

卫平先生如唔：

复函悉，再读你对瑞芬斯塔尔美学观的讨论，有几句话想说。

我不知道瑞芬斯塔尔曾送给希特勒《费希特作品集》，更好奇希特勒如何理解费希特，纳粹美学的中心概念是领袖与国家，而费希特以为国家是信仰和理性的冲突，理性的完善则导致国家的终结，借助自由的艺术，王国(Reich)会取代国家(State)。费希特心目中的自由王国本应是希特勒最厌恶的东西。也许希特勒在书上做的那些记号、批注是在痛斥费希特吧？因为他的第三帝国是不给艺术自由一点活路的。

说起纳粹美学，还有一位重要人物，阿尔伯特·施佩尔，希特勒的首席建筑师。这人是个奇才，第三帝国覆灭前，他临危受命，负责德国的全部军需生产，很让英美军队吃了些苦头。1935年瑞芬斯塔尔的一部成功作品，纳粹党全国代表大会的胶片，不慎毁坏了。她建议希特勒重新拍摄，就是施佩尔给她做的布景。那些纳粹头领完全模仿当时的现场表演，着着实实地作了假。瑞芬斯塔尔却以为假的比真的更好。

施佩尔出身建筑世家，他为希特勒服务的第一个重要作品是设计纳粹党代表大会的主席台。就是他设想出主席台上按职位排座，台后是左右分开的巨大旗帜，旗帜中央放置党徽加纪年。这个模式在斯大林与希特勒的蜜月期间传给了苏共。

1938年2月，建筑师阿尔伯特·施佩尔（左）向希特勒展示他的柏林建筑计划。

你知道，希特勒是学美术出身，对各类建筑极有兴趣。他的建筑美学核心观念就是"大"，大到让人在建筑面前化为零，从而也在这些建筑物的主人面前化为零。他曾和施佩尔计划修建一座新的总理府，他的办公厅面积要大到九百六十平方米。那些本人并不伟大的专制暴君就是要靠这些外在的"大"来支撑自己。希特勒以为只有历史上留下来的建筑才能使人记住那个时代。

他问施佩尔，历代罗马皇帝留下来的是什么？如果他们没有留下建筑物，今天还有什么可以作为他们的物证？类似希特勒这类掌握无限权力的狂人，人类数千年积累的精神文化，并不在他们眼中，民族国家中那些活生生的个体生命亦不必顾念。苍生山河，只服务于他们疯狂的欲念、膨胀的野心。他们自认为民族救星的狂妄使他们的口味趋向外在的壮观宏大。施佩尔对希特勒的口味心领神会，在纳粹党干部大会上，他设计了一个由一百三十个探照灯组成的"光的教堂"，巨大的光柱在八千米高空仍清晰可见。"有时一片云彩穿过光环，给这个壮丽的效果增添了一种超现实主义的虚幻因素"，于是，整个纳粹统治集团便陶醉于这个超现实主义的幻景中了。这亦是你所指出的"呓语般的东西"。任何一个有清明理智的人都能体会一切"党文化"所共有的"呓语性"。它是如此空洞、贫乏、猥琐、专横，有时却显出宏大的外貌。

但难道壮观宏大不给人美感吗？在此，我们要稍涉学理。这在美学史上就是对崇高的讨论。古典文献中较全面地涉及崇高问题的是托名郎吉努斯的《论崇高》。这篇文章要旨在于讨论"崇高"的文体。但在论及崇高的境界时，作者激情澎湃地指出："你试环视你四围的生活，看见万物的丰富、雄伟、美丽是多么惊人，你便立刻明白人生的目的究竟何在。"所以作者说，我们绝不会赞叹小小的溪流，而会赞叹尼罗河、多瑙河、莱茵河和海洋；我们绝不会赞叹烛光，而会赞叹星光和爆发的火山。作者总结道："唯有超常的事物才引起我们的惊叹。"作者借一位哲学家之口发问，为什么现在没有真正崇高与伟大的天才出现呢？他自己答道："我们从未尝过辩才最美好最丰富的源泉——自由。我们没有表现什么天才，只有诌媚之才。虽然奴隶偶有其他才能，但奴隶中却没有一人能成为演讲家，因为言论不自由和惯于挨打的囚徒之感，往往在奴隶心中浮现。正如荷马所说，'一旦为奴，就失掉一半人的价值'。"在这里，他把自由作为出现崇高作品与人物的先决条件。

后来，柏克在他的《论崇高》（sublime 这个词不分场合地译为崇高有些不妥，因为"崇高"一词在中文中完全是褒义，而在西方文献中，它有时用来作单纯描述性用语，不带褒贬，甚至有时描述某种令人不快的感觉。柏克的论述就是如此）中指出："当自然界中的伟大和崇高发生极其强大的作用时，它所引起的情绪是恐惧。"柏克在此所指的是高山大川、平原旷野、湖泽海洋这类体积大到人不可把握的自然物。他接着说："恐惧是一种心灵状态，心灵完全被对象占据，不能容纳其他对象，同时也不能对占据它的那个对象进行理性分析。这个'崇高'有一种不可抗拒的力量席卷我们而去。"

康德受柏克启发，注意到美与崇高的区别（周辅成老师在20世纪30年代介绍康德美学入中国时，把崇高译为"壮美"，这种译法亦有深意）。在《判断力批判》的"崇高的分析论"一节，康德指出崇高可见于"无形式"的对象，它以"量"与"力"来表现，从而崇高愉悦是消极的。而且，由于崇高感的"无形式"，也就是崇高感不能直接诉诸感官，就像不能仅凭感官去经验大海的浩瀚无垠，人必得借助某些理性的观念去产生崇高感。康德明确指出那些能够对感官施加暴力的力量，反而会激发出新的亢奋，从而产生崇高感。

纳粹以数量与体积之庞大来造就自己活动的舞台，恰是要利用这种能够强暴感官的外在的壮丽辉煌，来造成臣民因内心恐惧而生的"崇高感"，让他们在无法以自己的经验把握眼前场面时，产生依赖与顺从。从政治学的角度看，这种崇高是一种谎言，因它不扩展和丰富人的美感，而是一种压迫、操纵的形式。以人造"崇高"来实现操纵，这是一切专制社会和暴君最擅长的手段。他们所喜爱的"超常宏大"以令人恐怖和丧失理性的效果造成一个脱离人的日常生活的虚假世界。这是一个货真价实的"楚门的世界"，眼前的布景比真实更真实。人的真实生存便消解在这个布景中了。

依据我们的审美经验，能在我们心中引发崇高感的东西，并不单纯是那些体积巨大、高高在上、狂轰滥炸的强暴感官的东西。也就是说，并不仅是那些被康德归为"量"与"力"的东西。对一个具有良好审美鉴赏力的人，崇高是可由多种对象引发的心理感觉。虎啸崇山固可让我们敬畏，精卫填海亦可让我们景仰。这就是罗斯金所讲的"还有一种同情之心，表现为宏伟的建筑的形式。这种同情之心在自然事物中最为崇高"。罗斯金要追寻"这种由同情心引导的统治力量"。这个理想由柯布西耶所践行。柯布西耶的名著《走向新建筑》劈头就提出建筑的道德问题:"道德问题,谎话是不可容忍的。人类会在谎话中灭亡。"在他看来,建筑中最美的,是能够"造就出幸福的人们"的东西。柯布西耶说:"幸福的城市有建筑艺术……在我们的住宅里,它多么自由自在!我们的住宅组成了街道,街道组成了城市,城市是有灵魂的个体,它感觉、它受苦、它赞美。"在大师眼中,只有那些反映人们真实生存状况、服务于人的自由,给人带来幸福的建筑,才是美的、令人赞叹的。他仿佛预见到在他身后,有一种政治力量把建筑变为谎言。

2011年6月,扬之水先生去法国东部的隆尚拜谒柯布西耶所建造的"高地圣母院",带回一部画册,从中能看到蓝天白云之下,圣母院洁白浑圆的主体,敦敦实实地坐落在绿茵铺就的缓坡上。稚拙的窗,像孩子透着童真的瞳孔,带点惊讶地探问身边的树林。远看去,圣母院像只巨大的白色信天翁从天而降,来传递神的恩宠。所有的线条都单纯质朴,透露出温厚与博爱。扬之水先生说,她在内静坐两小时,感动到落泪,觉得崇高竟可以如此素朴。显然,打动她的不是那种强暴感官的蛮力,而是自人身涌出的对天地生灵,对神圣与日常的真实体悟。

你信中所谈的瑞芬斯塔尔便是纳粹崇高谎言的影像制造者。我所说的施佩尔则是这个谎言的建筑师。他和希特勒商定要建一座"新罗马",他甚至做出了模型,打算50年代落成。这个新罗马实质上就是个弘扬纳粹理想的模型,一座人性无处藏身的"崇高"的监狱。伦敦的唐宁街、华盛顿的白宫同它相比,简直就是荒村农舍。但谁更永恒？不可一世的纳粹帝国竟难逃屠隆一问："今赞皇公与平泉木石安在？即秦汉隋梁帝王宫室之盛，穷极壮丽，悉荡为飞烟，化为冷灰过者。"

近日杂事繁多，先草草谈上几句。有不妥处，请指教，先谢过了。

越胜

2012 年 2 月 2 日

致张治中先生

周海滨

张治中（1890—1969年）

中国爱国将领。原名本尧，字文白，安徽巢县（今巢湖市）人。

保定军校第三期毕业。1926年参加北伐战争。抗日战争时期，任第九集团军总司令、湖南省政府主席、国民政府军事委员会政治部长。抗战胜利后，任西北行辕主任兼新疆省政府主席，主张国共谈判，和平建国。1949年任国民政府和平谈判代表团首席代表。后任西北军政委员会副主席、全国人大常委会副委员长、国防委员会副主席、民革中央副主席。著有《张治中回忆录》。

周海滨：口述历史作者。1979年生人，安徽东至人，2005年毕业于吉林大学研究生院。著有《家国光影：开国元勋后人讲述往事与现实》《我们的父亲：国民党将领后人在大陆》《失落的巅峰：六位中共前主要负责人亲属口述将领后人在大陆》等。

张治中先生：

你好！

在这里我就不称呼"您"了。在你的家乡巢湖，我的家乡东至，语言体系里都没有"您"这个字。我也听你的长女张素我说起："我的父亲从来不向人说您，对蒋介石、毛泽东都不称您。现在的一些文章，写到父亲与毛泽东的交往时全写成了'您'。这是北方称呼人的习惯。"你或许不知道，你的家乡巢湖已经不复存在了，它已经一分为三，拆分给了周边的合肥、芜湖、马鞍山。自此，包括冯玉祥、李克农和你在内的"巢湖三上将"恐怕要改名为"合肥三上将"？不知你同意否？

在此，提及此事，因为想起你每逢大事，必回家乡小住，如淞沪会战期间，调任湖南省主席一职前夕，你在家乡巢县洪家疃住了一个多月。从淞沪前线回到南京，蒋介石先生请你吃饭，你请求回家休养。蒋介石先生说："好，但你先就了职再走。"不过，这时候给你安排的职务还是大本营管理部部长。就职以后，你自称带着一个困乏的身体和一种落寞的心情，回到了故乡洪家疃。你说，从剧烈紧张的战场生活转到幽静的乡居，"精神已渐见复原"。

安徽人乡土观念重，胡适、陈独秀观点论争却交谊深厚，多半有乡人之情。你也一样，毛泽东曾当面说你："你这人乡土观念相当重。"因为你屡次向毛泽东进言："你已经到许多省份去过了，为什么还未到我们安徽去？"有一次，毛泽东外地考察回京，你就问："主席这一次还没有到我们安徽去吗？"他笑笑说："嗯，还没有去。作为负债吧，记上这一笔债吧。"

终于，1958年9月，毛泽东去了安徽。

从1927年至北伐到南京后，每隔一两年你总要回家乡看看，你曾经在家乡创办黄麓学校，也想弄一个模范自治区，并初步拟具了建设计划。后来，因为战事搁浅了。黄麓学校一直延续至今，但是据你的长女张素我对我说，这个学校只有很少的学生，按照教育部十年前推行的合校计划，一度要撤并到其他学校，后经你的后人阻止，才被搁浅，不知你知道这个消息会作何感想？

告诉你这些，是想说，巢湖市不见了，你创办的学校不及当年规模，如果你要回到你钟爱的家乡看看，一定不要生气，也不要摸不到回去的路，恐怕司机的GPS导航里已经查无此地了。

很抱歉，这个消息对于已经一百二十二岁的你来说，有点残酷。2011年12月2日13:18分，你的长女张素我去世了。1915年出生的她，高寿至九十六岁。但是她对你的离去一直牵挂，因为你只活到七十九岁，她认为太过年轻了，她说："我父亲七十九岁去世、母亲八十五岁去世。我比他们多活了好长了。"你的三女儿素初也在2011年春节期间去世了。2011年某天，我去采集素我先生的口述历史，她告诉我："今年（2011年）我不太好，我的三妹去世了，我的大弟媳钱妩也去世了……"

我可能是素我先生生命的最后两年里除了保姆胡喜菊之外最为亲近的人了，我前去采录口述历史四十多次，她也多次邀我到她家中。这本口述历史虽然在其生前进入出版流程，但是因为相关部门组织专家审查耗时半年，以至于现在我给你提笔写信时仍

2010年7月16日,张素我(左)在崇文门寓所向周海滨展示自己珍藏的老照片。

然未获付梓。通过这本书的名字《我的父亲张治中》,可以看出女儿对你的怀念至死不忘。遗憾的是,在素我先生离世前,她没有看到这本书,幸运的是她校阅了全部的书稿。

　　因为要整理素我先生口述历史的缘故,我阅读了大量的资料,包括你的一些未出版文章。我的一个疑惑是,在给蒋介石的信函里,言辞锐利、直截了当,而留在北平后,你给毛泽东的信函或提及他时却处处"伟大领袖",甚至有歌颂恭维的味道。

　　在一本《解放十年来点滴活动》的内部资料里,你提及了一件事情,你说:"安徽庐剧和泗州戏来京演出,为了给家乡戏做宣传,我和李克农、余心清诸位特联名设宴邀请许多文艺界著名人士和名演员前来参加,并让两剧团演员和他们见面请教。我又一再恳恳毛主席亲临怀仁堂观看演出,闭幕时并蒙毛主席上台和全体演员和领队同志们一一握手致谢。"按理说，文章执笔至此可以落笔了，可是你却接着说，"他们太高兴了！伟大的人民领袖看了他们的演出，并和他们握手，这是多么幸运，多么光荣！当然，我和在京同乡们也感到同样的光彩和高兴。"

1957年9月16日，民革举行全党整风工作会议，你发言说："这几年到各地视察所看到的，处处都是令人欢欣鼓舞的新气象。右派分子的看法，则恰恰和我们相反，他们抹杀事实，造谣污蔑。他们说农民生活苦，还不如国民党时代好；他们说农民都被共产党整垮了，粮食不够吃，这里饿死人，那里饿死人；他们说工农生活相去悬殊，是九天九地之隔。事实上是怎样呢？这几年来我在西北、华东、华南各地农村亲眼看到农民的生活情况，比过去的确是好得多了。有些农民平日也吃饺子、大米饭，每人有两三套新衣。农村新盖和添补房舍的很多。供销合作社的脸盆、热水瓶、手电、自行车、胶鞋经常畅销。农村面貌根本改变，到处显出蓬蓬勃勃的气象，这是历史上曾经有过的吗？右派分子说，解放后到处一团糟，建设越多越浪费，这也是弥天大谎！"

发言至此已经观点鲜明、态度坚决，而你还要最后信誓旦旦地说："今天谁要想推翻共产党的领导复活国民党反动统治，像我过去和旧国民党有过长远深切关系的人，我首先就誓死反对，因为我还懂得爱国，我不能容许任何反对分子碰一碰我们国家的命根子，因此，我要坚决地反对右派！"

然而，你多次给蒋介石建言，甚至动辄万言，内容字字珠玑，半文半白，可以说忧国忧民，切中要害。翻阅你的回忆录，印证了索我先生所言，"在蒋介石面前肯说话和敢说话的人很少，而在军人当中，父亲算是最肯也是最敢说话的一个了"。

1945年8月28日,毛泽东等人代表中国共产党赴重庆同国民党进行谈判。这是10月11日,毛泽东在张治中陪同下离开重庆返回延安,在重庆机场与送行的各界人士合影。左起:张澜、邵力子、郭沫若、傅学文、张治中、毛泽东。

1932年,身着戎装的张治中(右二)与蒋介石(右一)、林森在一起。

抗战中期，蒋介石一度兼了行政院长，后来四川地方派系闹纠纷，出了问题，蒋介石又要兼四川省主席。你力言不可，说："第一，做得好，是应该的，做得不好，有损威信；第二，你是行政院长，又是省主席，主席决定的事要不要行政院长同意？自己指挥自己，不成体制；第三，中央人才多，物色一两个省主席，应不成问题。"

你第一次给蒋介石上万言书是"皖南事变"爆发后的1941年3月2日。你向蒋介石痛陈对中共问题处理的失策，"为保持抗战之有利形势，应派定人员与共党会谈，以让步求得解决"，"在此朝野彷徨之秋，钧座如能正确指示一般干部以解决共党问题之方针，澄清一切沉闷徘徊之空气，使冲动之感情，无由支配行动，实为当务之急，若犹是听其拖延，其结果将对我无利而有害"。

因而，我颇为不解，为何先生在国共两党其间，语言风格、话语逻辑迥异？难道说，这是政治环境不一样，蒋介石政府江河日下，需要直言利弊，可是皖南事变及之前，中共偏于一隅，蒋介石政府还没到风口浪尖的时候。难道说，这是因为寄人篱下，需要通过此举一诉衷肠？

可是，不只是民主人士，中共党内也是如此，乃至无党派人士也难以脱俗。或许，这是因为你们那一代人发自对新政权炙热的爱，这是我们这一代人在五六十年后所无法理解的。比如，1958年9月，你陪同毛泽东视察大江南北，根据沿途记下的四万字日记，写了《人民热爱毛主席》一文。在这篇文章里，你记录下了老百姓对毛泽东的真挚、狂热情感，从文中编者所加的小标题可窥一二，如"毛主席，像太阳""千万颗心在激动地跳跃""我这孩子有福气呀！""响起了暴雨般掌声""狂热情绪无法控制""热情沸腾的干部和群众""为了看到自己敬爱的领袖""人人喜笑颜开"。

可是,历史的车轮滚滚向前,你在为中共新政权满心欢喜鼓与呼时,一些失望和苦闷也随之而来,以至于你沉默不语。在生命的最后三年,你几乎每天晚上都问下班回来的家人,"谁被打倒了,谁被抄家了"。你曾对儿子一纯说过,"文化大革命"比军阀混战还乱,谁也管不了谁,政府说话也不管用。

你所向往的政治清明、人民安康、世界和平的理想社会从前程似锦变成了风雨飘零。你内心的苦闷让你难以为继,以致离世。不过,在你离世七年后,"文化大革命"结束,中国大陆的历史改变了航行,台湾地区的历史也滚滚向前,转向开放党禁、民主转型。

还记得你十六岁时候,你的母亲给你说的一句话吗?那天,你拿着母亲借来的二十四块银圆,独自外出闯荡。临行前,母亲让你咬口生姜喝口醋,寓意是在今后的人生岁月里,要能够承受所有的苦辣辛酸,只有历尽艰苦,才能成人立业。你还曾请国民党元老、书法大师于右任先生将这句话写成横匾。

"咬口生姜喝口醋!"对,就是这句话,你的人生座右铭。素我先生生前给我写下了这句话,我记得,也理解。

专此,敬颂!

周海滨
2012年3月3日—4日于北京寓所

给蒋中正先生

黄道炫

蒋介石（1887年10月31日—1975年4月5日）

名中正，字介石。浙江奉化人。

国民党当政时期的党、政、军主要领导人。1908年留学日本并加入同盟会，1924年回国后任黄埔军校校长。西安事变后接受抗日主张。1948年召开国民大会当选中华民国总统，1949年败退台湾，历任"总统"及国民党总裁，1975年4月5日于台北去世。

黄道炫：中国社会科学院近代史研究所研究员。1966年生于江西赣州。

1986年、1989年先后毕业于江西师范大学历史系、中国社会科学院研究生院近代史系。主要研究方向为中共党史、中华民国史。著有《张力与限界——中苏区的革命》等。

蒋介石先生：

我知道，你是要做圣人的。1936年西安事变前，应该是你一生中最辉煌的时日吧。对内对外，努力都有了结果。刚刚过去的五十岁生日，举国钦服的盛情你可能表面上会谦虚一番，内心的自得不言而喻。所以，你这时已经不满足做豪杰，而要当圣贤了。你膨胀的信心都留在日记中："从前只知以豪杰自居，而不愿以圣贤自待，今日乃以圣贤自待而不愿以豪杰自居矣。"

你知道吗，在逐渐了解你之前，你在我心目中可不是什么圣贤，而是——流氓。这不能怪我，因为你败退台湾后，在大陆你就是这样一个形象了。记得小学作业本上总是印着三个骷髅头，名曰：帝修反，你就是那个最干瘪的：反革命。

1988年，写研究生毕业论文时，出于老师之命，才开始去读你的书。放弃心中钟爱的海宁王静安先生，去研究你这样一个奉化溪口镇的小瘪三，真是万般无奈，一腔诗情和半轮明月被扔进污水沟，想想，怎样的心情？

在近代史所的阅览室里，开始读《先总统蒋公思想言论总集》。四十大本，一路读来，心绪之起伏，现在已难以描摹。后来，我读过许多关于你的资料，包括在斯坦福大学胡佛研究所公开的你的日记，这些在我心中激起的反响，都无法和最初的阅读经验相提并论。那些资料更多只是告诉我，这四十本的总集虽不一定都出自你之手，但其中一以贯之的精神内核，确实来自你那个总是剃得很光的头颅。

20世纪80年代末期，正是中国知识界激烈反思传统的时代。抱着反传统的态度，却从你的字里行间看到对中国传统的推崇，没有疑问，当时的我，毫不犹豫地把你划到了保守落后一方，并断定你的失败与对传统的态度息息相关。不过，出于研究的需要，我还是认真追寻你的足迹，对中国古典做了虽不深入但还算系统的阅读。感谢你，对古典经籍的阅读让我多了一分谨慎，尽管对中国传统思想还有相当保留，但起码意识到传统并不一定和保守画等号，对你维护传统的努力也多了一分理解。

其实，当年读你的文集，就有一种强烈的感受，你的确是一个军人，有军人的勇敢，也有军人的固执。作为一个自幼浸润于传统经籍，日后又反复把玩孔孟陆王、程朱曾左的古籍信奉者，在中国精神传统遭遇困境的时代，你对传统精神的维护多少带有"自反而缩，虽千万人，吾往矣"的悲情。但是，时代毕竟在前行，20世纪中国面对无论政治、经济还是价值观都日益紧密连接的世界，融入世界是唯一选择，在此背景下，你过多强调对传统的坚持，隐隐然透着以中国传统精神对抗世界潮流的企图。你也许不了解，这一点影响到许多知识分子对你的观感，就连你信重的陈诚，在给夫人谭祥的信中都表达对你张扬传统的不满："我又感到我们中国的不长进，一切都是复古。或许是我的脑筋过敏吧？但比较其他的国家来看，我只有惭惧。"

坦率地说，当你自许要做圣贤时，你的这种自我期待多少让我觉得有点惊异。从事着被人称为天底下最肮脏事业的政治，却在追求着做圣贤，真不知道你内心中如何化解现实和理想的冲突？

不能不承认，拔擢于丛林中的乱世豪杰，手上都免不了屠戮的血腥，内心也往往被认为锻造得坚韧如石，因此，来自你们口中的仁爱声音，多少让人有欺世盗名之感。不过，我想你也许会辩解，人的内心如此丰富多彩，性格又如此复杂多元，作为政治人物，固然其表态需要经受更严格的检视，但也不可因此遭遇歧视性的抹杀。为什么政治人就不可以做圣贤呢？

不能说上述说法没有道理，只是事实是你的确没能做成圣贤。这一判断不来自其他，就来自你自己的日记。请原谅，如果你是一个普通人，用你的日记作为评断你的工具，的确很不厚道，但你毕竟是一个足够庞大的政治人物，所以虽然我在使用你的日记时，不能说没有一点负疚感，因为真的不愿看到一个愿意暴露自己的人反而因此遭到批评。但是作为一个失败者，你遭遇的批评已经够多，而且任何的辩护都好像多余，从这个角度说，用你自己的日记几乎就算得上对你极大的尊重了。

在宣称要做圣人后，你的日记中常常会对自己作出非常严厉的批评，比如1939年的一则日记，你甚至自贬为狗："污秽妄念，不能扫除净尽，何以入圣？何以治人？岂非自欺欺人之浊狗乎？"不知道你还记不记得那一天到底发生了什么，会使你对自己这么失望。不过，我倒是发现1941年一段时间里，你不断责骂自己的一件事。

"皖南事变"后的一次会上，元老张继批评党内有人为中共张目，即你身边也不能免，暗指宋美龄容纳中共党人。想来是因为涉及夫人，侵及你的尊严，你勃然大怒，要张继闭嘴，急躁之情溢于言表。这样狭隘的举动和你追求的圣人境界自然相去甚远。所以，从这天开始，差不多一个月内，不断从你的日记中看到悔恨的记载，你说党国要员中"能为我补过警戒者，几无其人，万事皆集

黄道炫 @ 给蒋中正先生

1967年1月16日,蒋介石手持望远镜遥望大陆。

于一身,党务乃无法改善,根本腐劣"。你居然还总结出一条规律,每十年必有一次暴戾举措:"民十对季陶,民廿对汉民,而今民卅对溥泉之愤怒,其事实虽不同,而不自爱重之过恶则同也。"

说实在的,人非圣贤,孰能无过,看你絮絮叨叨不停在日记中反省自己的过错,不禁让我想到宋美龄对你的批评:"非丈夫气概。"这是你们新婚不久宋美龄规劝你的话。被自己的妻子说没有丈夫气,大概你心里不会舒服吧,但是你的表现确实让人有种知夫莫若妻的感觉。尽管你当时说要改过,但优柔寡断的性格并没有因为宋美龄的批评有所改变。1948年年底,战场上屡战屡败,失败的阴影已将你深深笼罩时,你在日记中给自己大陆二十年的统治下了一句断语:"因循寡断,取巧自败。"真的不知道还有什么比这两句话更适合你了?想一想1929年你与桂系作战,稳操胜券时,却在广西边境勒兵不进,而是任用桂系的俞作柏治桂,留下桂系东山再起的机会。再想一想1934年第五次"围剿"后期,你在战场西线留下缺口,而且还在日记中思考是否对红军"招安",使红军得以顺利离开江西,星星之火再次燎原。由此看来,"因循寡断,取巧自败"这八个字,真是字字千钧、针针见血。

读你的日记,常常看到你在自我反省,很多的反省也非常到位,只是不理解,你的这些反省一旦落到现实中,怎么就都成了镜花水月。嗯,你不用皱眉,我知道,人最难改变的就是自己。何况,每一个人其实很大程度上都是时代的产物。想来你应该读过埃德加·斯诺写的《蒋委员长访问记》吧,是,就是那个写《西行漫记》的斯诺。他这样描述你的性格与时代:"蒋氏是散沙集成的金字塔的顶点。他的特别才能使他有能力预知在他下面的伟大力量的移动,而乘时维持他自己的平衡。他从来不做先驱,但他也从来不做后卫……他并不以意志去促成事件，而是事件的意志去推动他。""蒋氏的领袖才能，实际反映了中国人民的长处和弱点。"

斯诺的话，你觉得有道理吗？其实，尼克松后来还有更明白的评断，他直言你是杰出的政治家和军事家，却是平庸的战略家，因为你缺乏向固有框框挑战的勇气。在一个稳定的环境里，你是无敌的，可是你遇到了一个以革新为己任的毛泽东。面对毛泽东，你曾经的优点都变成了致命的弱点。尼克松说，这正是你的不幸所在。

败退台湾后，出于对毛泽东的痛恨，你常常骂毛泽东是毛毛虫，如同孩子一样，想着像踩死一只毛毛虫一样踩死毛泽东。可惜，那只存在于你渐渐老迈的思绪之中。在中国历史上，你是第一个亲手打下江山，又把江山失掉的人。隔着一湾浅浅的海峡，在对岸的夕阳残照中，可以想象，有多少凄清写进你的心头。

蒋先生，每每想到你，眼前总会出现一个孤独地伫立在海岸上，略显佝偻的背影。这个背影不属于圣人，只是一个老人，一个两千年后的项羽，过了江东。

晚辈 黄道炫

致孙犁先生

史航

孙犁（1913年4月6日—2002年7月11日）

现、当代著名文学家，被誉为"荷花淀派"的创始人。原名孙树勋，曾用笔名芸夫，1927年开始文学创作。曾任晋察冀边区文联、晋察冀日报社及华北联合大学编辑，延安鲁迅艺术文学院教师，《平原杂志》编辑。

代表作品：《荷花淀》《白洋淀纪事》《铁木前传》《芦花荡》《嘱咐》《风云初记》等。

史航：编剧、策划人。1992年毕业于中央戏剧学院戏剧文学系，从事话剧、电视剧创作至今。代表作品：《京城镖局》《凤求凰》《大漠豪情》《铁齿铜牙纪晓岚》（第一部）（第三部）《台湾首任巡抚刘铭传》。

孙犁先生：

今天是五四青年节，我如今四十一岁，你是冥寿九十九岁（明年的四月六日是你百岁），我们都不是青年了。不是就不是，他们过节，我们写信。

你当然没在等我这封信。我也不常给陌生人写信，除了小学作文课给边防军叔叔写过信。高中的时候，我给三个作家写过信。一个是三毛，一边写一边恨自己认识的繁体字不够多，怕台湾人读不懂简化字。还有两个是王安忆和陈村，是我那时到现在都喜欢的作家，当时上海流行甲肝，我怕他们死掉。信都没有邮出，三毛是因为没有地址，另两位是因为上海甲肝疫情很快就控制住了。

此番给你写信，另是一番滋味。因为你晚年文字，时常是寂寞刻骨，我这迟来的读者，常因你的寂寞而落寞，恨自己没有早早给你写信报到。然而，报到也是麻烦，你文章中提到——"我一辈子也没有用过秘书，现在甚至没有三尺应门的童子。我住在三楼，上下不便，每逢有收报费，投挂号信的，在楼下一喊叫，我就紧张万分，天黑怕摔跤，下雪怕路滑，刮风怕感冒，只好不订报，不叫朋友寄挂号件。就是平信，也因不能及时收取，每每遗失。在此，吁请朋友来信，不要再贴特种邮票。"

我也看见你记述许多登门求教的文学青年，又友善又局促的局面。

《铁木前传》
孙犁 著
花城出版社
2010 年 3 月出版

其实我去了也不会求教那些写作秘笈的,因为你我都知道没有,但凡人坐下来写东西,不过是给自己做一次拓片。自己是碑,就拓下了碑文,自己是瓦当,就拓下瓦当纹。

我当然也想说说对您的读后感,但当面夸人,双方都不会自在,夸到一半,必是冷场。我只有在微博上,在您笃定看不到的地方,可以坦坦然然说您是"外冷内热始终清",说您此生"清隽峻拔,有憾无愧"。

想来想去,还是很愿意听你讲你的冀中救亡岁月。那是你的青春好时光,意气风发,慨当以慷。我读《风云初记》,看你描述冀中的四季,写庄稼的模样,写道路上的人群,村庄里的集合,我觉得我渐渐在场了。

你写部队转移,都已经站好了队形,大伯还不断猫着腰跑过去,和战士们小声说话儿,说两句就赶紧退回来。一个战士说:"大娘,我们不是给你打了一个小玻璃盆吗?我去领钱!""快别寒伧!"大娘小声说,"就当你小兄弟打了。"——我被这些描摹感动,因为细致,真挚,平实而又饱含热情。

美国有个好导演叫弗兰克·卡普拉,二战时他从军,拍摄了一组纪录片,叫《我们为何而战》。看你的那些小说,有意无意地,每篇都在回答。所以你的白描文字哪里有闲笔，那分明都是你的主祷文，你的布道词。

我是个编剧，改编过冯志的《敌后武工队》，事先也走了河北不少地方，河间、献县、吴桥、沧州、蔚县。访问过当年的儿童团长现在已是县政协主席。如能面谈，我是可以给你讲讲那些地方的近况的，因为我知道，你晚年是基本不出门的。

我一直在微博上摘抄你的文字，觉得是一种荣幸和愉悦，也想由此让我的同龄人或者更年轻的人能知道你，知道你写过那么好的《铁木前传》。当然这要感激散文家杜丽，她的文章让我开始留意你晚年的这本小说，以及天津画家张德育的插图。

很多人只知道《荷花淀》，这篇小说进了中学语文课本，让许多孩子没长大就要背诵你的名篇。但这种背诵，往往也就是错过，大家通过中心思想、段落大意、完形填空从您的文字里挣了分数，也就心安理得地忘却了。我这些年跟人家谈到你，自然要提到荷花淀，可总想再说得远一点。

你自己曾提到："《荷花淀》引起延安读者的注意：我想是因为，同志们长年在西北高原工作，习惯于那里的大风沙的气候，忽然见到关于白洋淀水乡的描写，刮来的是带有荷花香味的风，于是情不自禁地感到新鲜吧。当然，这不是最主要的"

你看，你笔下的热爱，都集中在祖国的大好河山。只是那河山，在别的挥斥方遒的大人物看来，是沙盘和挂图，而在你眼前，则具体成了水土，成了土地上飘过的云，刮过的风。

你还说："《山地回忆》的女孩子，是很多山地女孩子的化身。当然，我在写她们的时候，用的多是彩笔，热情地把她们推向阳光照射之下，春风吹拂之中。在那可贵的艰苦岁月里，我和人民

《晚华集》

孙犁 著

建立起来的感情,确是如此。我的职责,就是如实而又高昂浓重地把这种感情渲染出来我想写的,只是那些我认为可爱的人。"

你对女孩子的这种远观的珍爱,是可以用得上敬惜二字的,就是从前老人爱说的"敬惜字纸"的那种敬惜。作家陈村说过:"我们夸一个姑娘好,不过是我们在好的时候遇见她了。"

这话固然智慧精确,但,我喜欢你的这种浑浑噩噩的完全接受。

我读《芸斋小说》,有一篇你提到来采访的两位姑娘,"拿照相机的姑娘"和"拿录音机的姑娘"。你不愿意让她们扫兴,破例录音,破例录像,最后你牵挂的只是那几张合影会不会如约寄来。你最后说:"余至晚年,极不愿回首往事,亦不愿再见悲惨、丑恶,自伤心神。然每遇人间美好、善良,虽属邂逅之情谊,无心之施与,亦追求留恋,念念不忘,以自慰藉。彩云现于雨后,皎月露于云端。赏心悦目,在一瞬间。于余实为难逢之境,不敢以虚幻视之。"

我就是看到最后这句话,有点眼热鼻酸的。"不敢以虚幻视之",这话是智者之上的仁者之言,这话是我可以始终用来挽系人生的。张中行谈到《赵丽雅》那些女性,金克木回忆起《保险朋友》,其情其意,庶几近之。

当年你也是这样写她们的:"在一片烧毁了的典当铺的广场

上，围坐着十几个女孩子，她们坐在席上，垫着一小块棉褥。她们晒着太阳，编着歌儿唱着。她们只十二三岁，集体劳动才有乐趣，才有效率，女孩子们纺线愿意在一起，织席也愿意在一起。问到她们的生活，她们说现在是享福的日子。"这是1947年，而你像贾宝玉在谈论着诗社里的女孩子。

也不知道该不该拿贾宝玉来和你对比。鲁迅说："琼林之中，遍被悲雾，然呼吸而领会者，惟宝玉一人而已。"宝玉是看到结局而珍惜如今的，他不肯到最后才哀叹一句"当时只道是寻常"，他所有的焦虑都在于别人不肯陪他珍惜。

我说这些，是因为读到你这段："幼时读《红楼梦》，读到贾政答挞贾宝玉，贾母和贾政的对话，总是很受感动，眼睛湿润润的。按说，贾政和贾母都不是我喜爱的人物。后来才知道这是伦理。母子父子的伦理。薛宝钗劝说薛蟠，也很感动我，这是兄妹间的伦理。王熙凤和平儿睡下，念叨贾琏在路途上，写得也动人，这是夫妻间的伦理。"

我读红楼，从前喜欢黛玉、湘云、晴雯、妙玉，甚至惜春，现在知道喜欢紫鹃了，喜欢这朵全心护花的小花骨朵。我也喜欢贾政和贾母了，因为知道他们的悲凉和不自在。这是读了高阳《红楼梦断》十二本小说的缘故吧。读《红楼梦》会觉得宝玉披着大红猩猩毡的斗篷走了真好，白茫茫大地活该干净；可是读了《红楼梦断》，只觉得芹官你若走了，丢下一大家子人怎么办。这，怕就是伦理对人的影响了。

先生，我和你都是悲观的人，只是表现不同。你词语金贵，寡言罕笑，我是个公认的话痨，能在不同人面前滔滔不绝重复同一套话而不自惭。

《白洋淀纪事》
孙犁 著
中国青年出版社
1978年4月出版

　　但是我总是觉得世间很多事情我是错过了，或者干脆没我的份儿。我成天读书，就像追着汽车跑，也知道追不上，就是想看看车上是谁，我错过的美好到底是什么模样。

　　而你呢，你晚年也有这样的时刻："我每天晚上七八点钟就要上床，其实睡不着，有时就把收音机放在床头。有一天调整收音机，河北电台，忽然传出西河大鼓的声音，就听了一段，说的是呼家将。我幼年时，曾在本村听过半部呼延庆打擂，还没有打擂，说书的就回家过年去了。现在说的是打擂以后的事，看来最热闹的场面，是命定听不到的。"

　　我这几年出门，多半会带一本你的书，就像陪一个懒得出门的长辈出门。心里充实，欢悦，暖融融的。那次去开封开会，片纸未买，自是书福尚浅，不敢怨及中原城郭。幸有你的最后一本随笔集《曲终集》傍身。与会嘉宾都在某农家乐院落里晚宴，我吃几口便跑出来，天已黑了，坐院落一角，借红灯笼看这本《曲终集》。眼前院落，鸡静鸭闲狗寂寂，看你谈读汉书感触，如晤如对如面谈。孔门讲究如沐春风，我当时只觉得，愿岁岁年年，共此秋风。

　　你是不喜欢开研讨会的，你曾在给一个同行的信里说，不如拿开讨论会的时间，多回几次老家。然而这段话你没有发出去，你删了，后来是发在《芸斋断简》里，题曰《删掉的忠告》。是生活教你欲言又止的，这些在你晚年的《耕堂劫后十种》可以看得清清楚楚。

这十种集子，都是有情有致的小开本，我到处搜罗，现在有了《晚华集》《秀露集》《远道集》《尺泽集》《如云集》《澹定集》《曲终集》，还缺《陋巷集》《老荒集》《无为集》。没事，慢慢搜去，这是个美好的任务。我的《曲终集》是你的签名本，签给另外一位老先生的，他也故去了。请你们两位一并放心，这书我会收藏好。

收藏归收藏，你的书我也是舍得借人的，只要断定人家能读，喜不喜欢再说。

前一段有个胜利，是借给一个四川成都的女娃，叫桑格格的，她说她不是还珠格格的格格，而是格格不入的格格。这个格格不入的女孩子，读了你的书，是这么说的："在火车上看孙犁的《晚华集》。从史航那借来的，彩色小签贴得书边像是一片数码彩虹。孙犁性格孤僻沉默寡言身材高大，看着那几十年前的文字，却一点没有隔世之感。我打心眼喜欢这样的男子，像是暗恋他的女子，仔细看着这些朴实到寡素的文字，一行也不愿错过。偶然他有点动情，我就要淌下泪来了。"

"孙犁在好几篇文章里只要提起一个怀念的人，就要老老实实说上一遍：想必他（她）现在过得很幸福吧，祝愿他（她）幸福。觉得他惦记的那个人突然就打眼前走过，他不管写到哪里，都要停下手中的笔，恭恭敬敬目送故人过去了，才又坐下来和你细细讲刚才的话。我是恭恭敬敬和他一起站起来的，随后和他再坐下。"

"孙犁这样的性格，不耍嘴皮子，连个漂亮新奇点的词都不肯用。他一动情，有时候简直不知怎么动。他写他爱看鸟，请战友

《曲终集》

孙犁 著

别打他喜爱的黄鹂鸟,别人答应了,他感激不尽地夸奖:'这是对友谊的尊重,他那么爱玩猎枪,却能在兴头上照顾旁人,这种品质不是很难得吗?'"

最后,格格评价你:"他不是笨拙,是又天真又严肃。"

我觉得她说得真好。如果时光倒流,真有一个可以拜访你的机会,我真心愿意让给她。这种拜访,用你自己的形容,会是"炉存似火,聊胜于无"吧?

我有个朋友陈远,说你是"一面迎风也不飘摆的旗帜",还有个朋友徐一龙,说你是"脱离时代的美",网友"象罔与罔象"说你是"革命者中的异数","35公里"说你——"如果别写荷花淀,孙犁也许会重过西谛,或者比起知堂也未必逊色,然非常时代有非常理想,这正是他浪漫之处。"这些晚辈话语,真想你能听到,因为——"聊胜于无"。

他们说你浪漫,没错,譬如你爱买书——爱买书的人多了——而你立志要把鲁迅提到的古籍,一本本买到。痴人一枚。

螳螂捕蝉,黄雀在后,我真该立志把你和鲁迅提到的书,一并买到。然而识浅心躁,买来又能读懂多少,我只能尽量去搜罗你的各种版本,读你的《书衣文录》,听你来评述某书某章,给自

1982年4月,丁玲(右)专程到天津探望孙犁,丁玲的谈话时常引起孙犁开怀大笑。

已增加些开卷的勇气。

你晚年足不入市,只在梦中穿行市场直奔旧书店。搜罗各色纸张,闲着就包书皮,略有感慨就写在上面,汇成《书衣文录》。我就爱读那些文字,比如《东坡逸事》,你说:"此为杂书中之杂书,然久久不忍弃之,以其行稀字大,有可爱之处。余性犹豫,虽片纸秃毫,亦有留恋。"

这种留恋,也在书简之中。1993年你致徐光耀信提到:"我在看一个日本和尚到唐朝取经的书——《入唐行记》。我愿意看一些苦行、孤行的书。这比《大唐西域记》和《法显传》还有趣,因为他在中国的幅员上行走。"我喜欢从你笔下,看到"中国的幅员"这五个字。

如同张爱玲说过的"中国的日夜",如同侯孝贤电影里提到祖国二字。

有一次你写《故园的消失》:"余少小离家,壮年军伍。虽亦眷恋故土，实少见屋顶炊烟。中间并有有家不得归者三次，时间相加十余年。回味一生，亲人团聚之情少，生离死别之痛多。漂萍随水，转蓬随风，及至老年，萍滞蓬摧，故亦少故园之梦矣。唯祝家乡兴旺，人才辈出而已。"人生于世，这么加减乘除一番，真是剩不下什么了。所以，你珍惜少壮时印发的那些小册子，因为都是一段生命的留存。那些小册子我也都在买，《嘱托》《文艺学习》《采蒲台》《芦花荡》就像收集你的照片。

你说过："因为动乱，青少年时期的照片，已很难找到。看到一些人能把婴孩照片也公之于世，真是羡慕不已。"我在百度图片里搜索你，没有多少，笑着的更少。

也许这几十年的经历，让你有时候是闲坐悲君亦自悲，总有物伤其类的伤感，有时候害人者遭了点时代的报应，你也一样是哀矜勿喜，所以，简直没有可以喜悦的契机。

··"我的一生，不只不能在大事件上帮助朋友，同样也不能帮助我的儿女，甚至不能自助。因为我一直没有这种能力，并不是因为我没有这种感情旧日北京，官场有俗语：太太死了客满堂，老爷死了好凄凉历史上许多美丽的故事，摔琴啊，挂剑啊，都是传说，而且出现在太平盛世故人随便加上一撇，便可以变成敌人。"

有一篇《记邹明》，那是你的旧友部下，当时已卧病濒危："我和邹明，都不是强者，而是弱者；不是成功者，而是失败者。长期以来，我确把邹明看作是自己的一个帮手。进入晚年，我还常想，他能够帮助我的孩子，处理我的后事。现在他的情况如此，我的心情，是不用诉说的。"

你说："旧剧《刺王僚》有唱词曰：虽然是兄弟们情意有，各人心机各自谋。每听到时，心里总是感慨万分的，惊心动魄的。"

也有类似的句子吓到我，比如"白首相知犹按剑"。我是读而心寒，你是身临其境，不同，大大不同。

"经过了动乱，我给朋友写信，一律改用明信片。也不再保留朋友来信。信，凡是看过，和劈柴放一起，准备冬天生火。"

而且，你也是十几年不到剧场去了，有一个收音机，也常常不开。"这些年，我特别节电。"

"我从小就有些孤僻。我在老家的时候，我那老伴就说，来了人呢，他要不就洗手绢呀，要不就找什么东西呀，总是不能很好地坐在那儿，和人对着面地说话。我不好凑热闹。好往背静地方走。"

然而你偶有寄情，都是从这般不经意处："今年春天风大，清明前后，刮得天昏地暗，厨房的光线，尤其不好。有一天，天晴朗了，我发现桌案下，堆着蔬菜的地方，有一株白菜花。它不是从菜心那里长出的，而是从横放的菜根部长出的，像一根老木头长出的直立的新枝。有些花蕾已经开放，耀眼的光明。我高兴极了，把菜帮菜根修了修，放在水盂里。"

一棵白菜生的花，你愿意放在水盂里，而更有性命可言的蝈蝈，你就迟疑了："蝈蝈好吃白菜心。老了，大腿、须、牙都掉了，就喂它豆腐，还是不停地叫。今年，外孙女代我买的一只很绿嫩的蝈蝈，昨天又死去了。我忽然想：这是我养的最后一只。我眼花耳背，既看不清它的形体，又听不清它的鸣叫，这种闲情，要结束了。"

想想我这封信着实好笑，一半都抄的是你的文字。这封信毕竟到不了你的手边，我抄你的文字，是为了让看到这信的旁人，能去找你的书看。

而我自己，反反复复回想着你在 1946 年 7 月 4 日给好友康濯的信："接到你的信，是我到八中去上课的炎热的道上，为了读信清静，我绕道城外走。"

　　我就一直盯着那个在城外土道上走着路、读着信的男子，那年你三十三岁，那年是抗战胜利后的第二年，那年你热切，敏感，期待每一封信，也信任落款的每一个名字。

迟到的读者：史航

于 2012 年五四青年节